お見合いしたくなかったので、無理難題な条件をつけたら同級生が来た件について3

桜木桜

角川スニーカー文庫

22977

お見合いしたくなかったので、無理難題な条件をつけたら同級生が来た件について3
雪《ゆき》城《しろ》愛《あ》理《り》沙《さ》
「私も……今年も由弦さんと
一緒にいられますように、と祈りました」

「背中……届かないので、
拭いてもらえませんか？」

「これ、どうぞ……
つまらないものですが。
受け取ってください!!」

「……結婚しよう、愛理沙。
絶対に君を幸せにする」
改めて由弦は愛理沙にそう告げた。
愛理沙は笑みを浮かべ、大きく頷いた。

お見合いしたくなかったので、無理難題な条件をつけたら同級生が来た件について3

桜木桜

角川スニーカー文庫

22977

Contents

story by sakuragisakura
illustration by clear
designed by AFTERGLOW

第一章　〝婚約者〟と新年

十二月二十八日。年末ということなので……

由弦《ゆづる》は男友達である佐竹宗一郎《さたけそういちろう》と良善寺聖《りょうぜんじひじり》の二人と、男水入らずで遊び倒すことにした。

そして適当なファミレスで昼食を取っている時。

由弦は唐突に、二人にこう宣言した。

「愛理沙《ありさ》のことが、本気で好きになってしまった」

すると宗一郎と聖は顔を見合わせた。そして……

「お、おう……」

「……今更、か？」

ようやく、お前、恋心に気付いたのか。

と、そんな表情を浮かべている。

が、由弦はそんな二人を無視して勝手に話し始めた。

「クリスマスの日にさ、自覚したんだよね。ああ、この子を誰にも渡したくないなって」

「ふーん」

「……で、俺らに何を言いたいんだ？」

「愛理沙は俺の女だから、間違っても手を出そうとするなよ？」

要するに、釘《くぎ》を刺したのだ。

宗一郎も聖も、男である由弦の目から見ても十分に整った顔立ちの男だ。

勿論《もちろん》、二人は人の〝婚約者〟に手を出すような人間ではないし……

そもそも愛理沙のことは鑑賞物として美人だとは思っても、恋人にしたいとは思っていないだろう。

しかし、だ。

人間、恋をすると些細《ささい》なことでも気になったり、嫉妬したりしてしまうらしい。

由弦は二人に釘を刺さずにはいられなかったのだ。

「言われるまでもなく……俺は亜夜香《あやか》と千春《ちはる》の世話で忙しいからな。安心しろ」

宗一郎は冷静な表情でそんなことを言った。

由弦と聖は「こいつ、刺されて死なないかな？」と思った。

「俺も別に友人の女に手を出す気はねぇが……仮に手を出したら、どうなるんだ？」

冗談半分。という調子で聖は由弦に尋ねた。

由弦は極めて真面目な調子で答える。

「絶対に許さない」

「こえぇよ！　低い声で言うな！」

由弦としては冗談のつもりだったのだが、思ったよりも低い声が出てしまった。

やはり冗談では済ませられない。愛理沙は必ず自分の物にすると、由弦は改めて誓う。

「で、どうすんの？　付き合ってくださいって……言うのか？　婚約者なのに」

「……まあ、確かに変な話ではあるのだが」

由弦と愛理沙の関係を混乱させているのは〝婚約者〟という関係性だろう。

すでに恋人を通り越し、婚約をしているのだ。

勿論、二人とも将来的には解消をする手筈《てはず》……になっていた。

今の由弦は、婚約破棄などしたくないと思っているが。

「今のお前が雪城《ゆきしろ》に告白するということは、実質、結婚してくれと言っているようなものだな」

宗一郎が冷静にそう指摘した。

お互い、好きではないという前提があるからこそ由弦と愛理沙の〝婚約者〟という関係は成立している。

だがその前提が崩れれば……ただの婚約者になってしまう。

「……俺の勘違いでなければ、愛理沙は俺のことを好いてくれていると思っている」

由弦がそう言うと、宗一郎と聖は頷《うなず》いた。

「まあ、そうだな」

「傍目《はため》には、お前らただのバカップルだぞ」

「……いや、そこまでではないだろ」

まるで公共の場で見せつけるようにイチャイチャしているカップルであるかのような言い方に、由弦は抗議する。

「自覚がないのか」

「バカップルってのは、そういうものなんだろうな」

「だから……はあ、もう良いよ」

由弦としては大変遺憾ではあるが、そのことについて揉《も》めていても話が前に進まない。

なので、諦めて話を前に進める。

「だが、結婚してくれと言って……結婚してくれるかと言われると……」

「高校生だしな」

「まあ、重いな」

愛理沙は賢い女性だ。

だからこそ由弦は彼女のことを好きになったのだが……賢い女性だからこそ、軽率な行動は取らないだろう。

「アドバイスすると、早いに越したことはないぞ」

唐突に宗一郎はそんなことを言い始めた。

まるで宗一郎自身、誰かに告白したことがあり、失敗した過去があるかのような言い方だ。

「……おい、宗一郎」

「お前、まさか……」

「……まあ、言ったんだよ。亜夜香に。クリスマス」

歯切れ悪く宗一郎はそう言った。宗一郎と亜夜香の距離は、とても近い。

幼馴染《おさななじ》みというのもあるが、それ以上の近さであり……二人はその関係を幼い頃からずっと維持してきた。

「で、どうだったんだ？」

「え？　私たち、とっくに恋人じゃん？　……って言われた」

「「……」」

確かにとっくに宗一郎と亜夜香は、恋人同士だった。

由弦と聖はそれを揶揄《からか》い続けてきたが……亜夜香自身もそういう認識だったようだ。

……いや、思い返してみると彼女の言動は明らかに自分が宗一郎の恋人であることを認識したものではあったが。

「言われてみれば、まあ、そうだなと俺も納得したんだが……」

「気付かなかったのか」

「慣れってのは、怖いな」

由弦と聖は呆《あき》れてしまったが……

しかし考えてみると二人にとってあの距離感は生まれてから今日まで、当たり前だったのだ。

最初から恋人同士のようなものだったせいで、逆に恋人であるという自覚はあやふやだったのだろう。

「と、重要なのはここからでな？　その後、亜夜香に殴られたんだ」

「……どうして？」

「今まで刺されなかったのに、どうして急に殴られたんだ？」

告白は空振りに終わったが、それはすでに実っていたからだ。

恋愛が成就しているのに、なぜ、亜夜香に宗一郎は殴られたのか。

由弦と聖は首を傾《かし》げる。

「恋人でもない男性に、私があんなことをするような女だと、思ってたの？　あなたは恋人でもない女性にあんなことをするの？　最低！　馬鹿！　クズ！　女誑《おんなたら》し！　死ね！

と、お叱りの言葉をいただいた」

「合ってるじゃないか」

「早く死ねよ」

「うるせぇ、殺すぞ」

由弦と聖が煽《あお》りを入れると、宗一郎は逆ギレし始めた。

とはいえ……宗一郎の話が正しいとすると、今、宗一郎と亜夜香は絶縁・喧嘩《けんか》状態にあるということだ。

「それで、どうやって死んで詫《わ》びるつもりだ？」

「武家らしく切腹か？　介錯《かいしゃく》してやろうか？」

「死なねぇよ。……千春に取り成してもらったから、まあ、何とかなった。心配は無用だ」

何とかなったらしい。由弦と聖は安堵《あんど》する。

一応、クズでも友人には幸せでいて欲しいものだ。クズでも。

「えー、まあ、つまりだ。俺みたいになりたくなければ、ちゃんと区切りは付けておけということだな。ぬるま湯が心地が良いからと言って浸《つ》かり続けていると、茹《ゆ》でガエルみたいになる」

「……肝に銘じておこう」

宗一郎のクズエピソードは思ったよりもためになった。

……冷静に思い返してみると、すでに手遅れな気がしないでもないが。

「ところで、宗一郎。千春ちゃんとは、どうするつもりなんだ？」

「え？　……まあ、安心しろ。まだ詳しくは言えないが、何とかなる……予定だ」

「……本当か？　由弦に教訓を話す前に、お前がまず経験を生かすべきじゃねぇか？」

由弦と聖は宗一郎が釜茹《かまゆ》でにならないか、とても心配になった。

※

大晦日《おおみそか》。

由弦は家族と共に年越し蕎麦《そば》を啜《すす》っていた。

ちなみに蕎麦は由弦の母が茹でた物……ではない。

贔屓《ひいき》にしている近所の蕎麦屋に頼んだ出前だ。

食べ慣れた味なので、安心する。

だが……

（そう言えば、愛理沙の蕎麦は食べたことがないな）

さすがの愛理沙と雖《いえど》も、蕎麦は市販だろう。

もしかしたら手打ちも技術的にできるのかもしれないが、市販の物に勝つのはきっと難しい。

しかし蕎麦汁《そばつゆ》に関しては、きっと彼女は一から出汁《だし》を取って作る。

あれだけ美味《おい》しい味噌汁《みそしる》を作れるのだから、蕎麦汁も美味しいのだろう。

「兄さん、もしかして愛理沙さんのお蕎麦食べたいとか、思ってる？」

ニヤニヤと笑いながらそう尋ねてきたのは、由弦の妹。高瀬川彩弓《たかせがわあゆみ》だ。

「俺は愛理沙の蕎麦を食べたことがないぞ」

「食べたいと思ったのは、否定しないんだ」

「まあ……食べてみたいのは確かだね」

美味しくないはずがない。今度、頼んでみようと由弦は思った。

「何じゃ……天城《あまぎ》の娘さんの料理は、そんなに美味《うま》いのか？」

由弦にそう尋ねたのは、青い瞳に彫りの深い顔立ちの老人だった。

鋭い眼光と鉤鼻《かぎばな》が特徴的だ。

高瀬川宗弦《そうげん》。

高瀬川家先代当主である、由弦の祖父だ。

彼の父は北欧系アメリカ人なので、やはり顔立ちは日本人とはかなり異なる。

……もっとも日本生まれの日本育ちではあるが。

現在はビジネスに関することは殆《ほとん》ど、息子——つまり由弦の父——に任せており、表向きには隠居している。

表向き、というのはどういうことかというと、実は高瀬川家における〝外交〟のようなものを担当しているからだ。

培ってきた人脈を武器にいろいろと国内外で暗躍している……という言い方は、少々、カッコつけすぎであるが。

実際には旅行半分と言ったところか。

もっとも、由弦の婚約者として愛理沙を連れて来た事実から分かる通り、決して遊び惚《ほう》けているわけではない。

曾孫《ひまご》欲しさは勿論のことだが、高瀬川家にとっても利益があると考えた上での行動だろう。

……少なくとも由弦はそう信じたかった。

「是非とも、ご馳走《ちそう》になってみたいわねぇー。由弦がそこまで言うなんて」

由弦の祖母、高瀬川千和子《ちわこ》だ。

一見すると怖そうに見える宗弦と比較すると、穏やかな雰囲気と見た目の日本人女性だ。

……もっとも、怒ると宗弦よりも怖いのだが。

「愛理沙ちゃんのお料理、本当に美味しいわよ！　お義母《かあ》さん！　早く、お嫁に来てくれないかしら。あ、でも最初は二人で暮らすのかしら？　ねえ、由弦。どうするつもりなの？」

ハイテンションで由弦にそう尋ねたのは、高瀬川彩由《さより》……由弦の母だ。

「まあまあ、彩由。由弦だって、そんな未来のことは考えていないし、聞かれても困るだろう。……それにまだ、正式に決まったわけではないしね」

そう言って由弦の父、高瀬川和弥《かずや》は目を細めた。

現、高瀬川家の当主である。

基本的に最終的に結婚するか否かの判断に関しては、由弦に任せてくれる方針のようだ。

……由弦の人生なので、当たり前と言えば当たり前なのだが。

「それで、今のところ、どうなんだ？　由弦」

「上手《うま》くいっているよ」

「そうじゃなくて。添い遂げたいという意思は、あるのかなと思ってね。……勿論、まだ考えられないという答えでも良いけど」

じっと、和弥は由弦を見つめながらそう言った。

何となくだが、由弦は自分の感情や企《たくら》みを全て、見透かされているような気分になった。

「……そうだね」

少し前の由弦ならば、嘘《うそ》を言うか、もしくは曖昧な回答で煙《けむ》に巻こうとしただろう。

だが、今はそういう気分にはなれなかった。

自分の愛理沙への想《おも》いに関しては、嘘をつきたくない。

「彼女とは一緒に人生を歩みたいと、思っているよ」

由弦ははっきりと、そう言った。少しだけ、耳が熱くなるのを感じた。

由弦のこの強い言葉は和弥にとっては少し予想外だったようで、彼は驚いたように目を見開いた。

もっとも、すぐに穏やかな表情《ポーカーフエイス》へと戻ったが。

「ならば……」

和弥は何かを言いかけた。

おそらくは、そんなに乗り気ならもう少し前向きに進めても良いかもしれない……というような感じのことを言おうとしたのだろう。

しかしその言葉は由弦の言葉によって、遮られた。

「愛理沙の意思も重要だからね」

言うまでもないことだけど、と、由弦は末尾に付け加える。

「俺は愛理沙に結婚を強いるような真似《まね》は……たとえ、間接的であっても、したくない。……これは俺の恋愛だ。決着は俺自身の手で、全て付ける。だから余計なお節介は不要だ」

はっきりと、由弦は自分自身の考えを父親と祖父に伝えた。

愛理沙に、厳密には天城家に圧力を掛けるような真似は絶対にするな。と、釘を刺した形になる。

由弦の祖父も父親も決して悪人ではないため、基本的にそのような真似はしない……

とは、言い切れない。

結局のところ、二人は高瀬川家とその傘下の企業に利益を齎《もたら》すために動いており、場合によっては手段を選ばないこともありうる。

息子の恋を応援するため、などという大義名分があれば余計に。

元々、『〝経済力〟の橘《たちばな》』に対して『〝政治力〟の高瀬川』と呼ばれるほど、高瀬川家はそういう政治的な動き――つまり諸々《もろもろ》に対する圧力行為や根回し――を周到に行う傾向が強い一族だ。

だからこそ、きちんとそのあたりを伝えておく必要がある。

「……ふむ」

「ほう……」

息子・孫の思わぬ反抗に和弥と宗弦は眉を上げた。

機嫌を損ねた……様子は見られない。どちらかと言えば、好奇や感心の色が強かった。

二人の様子から、おそらく無理に結婚を進めようとはしないだろうと由弦は判断する。

……愛理沙一人のために、次期当主と現当主・先代当主間で紛争を起こそうとは考えないはずだ。

もっとも、若干空気が悪くなったのも事実である。

そこを察したのか……

「いやー、兄さん！　凄《すご》い、ゾッコンじゃん！　私、ちょっと妬《や》けちゃうなぁ」

「私は何だか、息子を取られたような気持ちで、寂しいわぁ」

「由弦ももう、立派な男子なのねぇ……」

彩弓が茶化《ちゃか》すように、彩由は揶揄うように、そして千和子はしみじみと言った。

三人の取り成しにより、一瞬険悪になった空気は晴れた。

その後、高瀬川家の面々は楽しく大晦日を過ごした。

※

正月は由弦にとって、そして高瀬川家にとっても、あまりゆっくりできない時期だ。

というのも、親戚や高瀬川家と取引がある人々が大勢、挨拶に訪れるからだ。

勿論、宴会もあるし、お年玉も貰《もら》えるので決して嫌なことばかりではないのだが。

さて……当然のことではあるが。

将来的に家族になる可能性がある人も、高瀬川家を訪れる。

「新年、あけましておめでとうございます。高瀬川さん。今年も、どうぞよろしくお願い致します」

「こちらこそ、天城さん。あけましておめでとうございます。今年もよろしくお願い致します」

高瀬川和弥。

高瀬川由弦。

天城直樹《なおき》。

雪城愛理沙。

それぞれ向かい合い、正座して挨拶を交わす。

古臭い高瀬川邸の雰囲気も手伝い、とても厳かな雰囲気だ。とはいえ……

格式張ったやり取りと雰囲気は、すぐに終わった。

「さて……愛理沙さん。これはほんの気持ちということで」

穏やかな笑みを浮かべた和弥が、お年玉袋を愛理沙へと渡した。

愛理沙は深く、頭を下げる。

「ありがとうございます」

愛理沙がお年玉を受け取ると、今度は直樹の方が鞄《かばん》からお年玉袋を取り出した。

そして由弦へと、差し出す。

「では、由弦君。私からも……どうぞ」

「ありがとうございます」

由弦もまた、お年玉を受け取った。それから和弥と直樹は軽く目配せをした。

「では……由弦。愛理沙さんを案内してあげなさい」

「愛理沙、くれぐれも失礼がないように」

双方、父親からそう命じられ、揃《そろ》って頷いた。

「「はい」」

さて、退室して障子を閉めると……早々に由弦は大きなため息をついた。

「はぁ……」

すると愛理沙が心配そうな表情で、由弦に尋ねる。

「お疲れの様子ですね。……やはり大勢の方が挨拶に来るんですか？」

「……うん、まあね」

由弦は頭を押さえながら頷いた。

……実は昨日、高瀬川家の親戚同士で宴会があったのだ。

宴会は夜遅くまで続いたので、少し寝不足気味になっている。

また、楽しく食べて飲むだけ……ならば良かったのだが、いろいろと気を回すことも多かった。

由弦が疲れている原因のおよそ半分はそのせいだ。

「さて……取《と》り敢《あ》えず、愛理沙のお年玉の回収に向かうか」

「あはは……」

愛理沙は苦笑した。

お年玉の回収、ということはつまり由弦の（和弥以外の）家族に挨拶をしに行くということだ。

「それでその後なんだけど……散歩に行かないかな？」

由弦としては少し外の冷たい空気に当たりたかった。

それに……愛理沙と二人で近所を散歩したいという気持ちがあった。

夏祭りの時は人混みでごった返していたので、落ち着いて近所を案内できたとは言えない。

それに……

（愛理沙を好きだと、明確に意識してから……初めてのデート、ということになるな）

少し前まではデートを提案するくらい、どうということはなかったのに。

今は散歩をしようと提案するだけで、心臓がドキドキする。

「分かりました。良いですよ」

愛理沙は小さく微笑《ほほえ》んだ。

それはとても、美しい表情だった。

さて愛理沙のお年玉の回収を終え、二人は邸宅の外に出た。

愛理沙は目を細め、しみじみと呟《つぶや》く。

「由弦さんのお家のお庭、綺麗《きれい》ですよね。冬になると、また雰囲気が変わりますね」

「まあね……」

庭の整備はとても重要だ。

高瀬川家を訪れた人々に対し、高瀬川家の力を誇示し、威圧するための道具が庭なのだから。

だから相応のお金が掛かっている。

美しいのは当然だ。だが……

「……君の方が、綺麗だと思うよ」

「ちょ、な、何を言うんですか!」

由弦がポツリとそう呟くと、愛理沙は白い肌を薔薇色《ばらいろ》に染めた。

それから由弦を軽く睨《にら》む。

「お、お庭の話を、しているんですよ? わ、私の……その、容姿は関係ないですよ!」

「い、いや……悪い。ちょっと、脈絡がなかったね。でも……君が綺麗だと思ったのは、

本当だ。……着物もよく、似合っている」

美しい亜麻色の髪。

翡翠色《ひすいいろ》に輝く双眸《そうぼう》。

長い睫毛《まつげ》に、パッチリと開いた瞳。

通った鼻筋と、ふっくらと艶《つや》やかな唇。

白磁のように白く、滑らかで、そしてマシュマロのように柔らかそうな肌。

身に纏《まと》っているのは、縁起物の柄の、真紅の着物。

美しい髪を結い上げ、簪《かんざし》で留めている。

本当に綺麗だった。彼女を自分の物にしたいと、由弦は心の底からそう思った。

すると愛理沙は恥ずかしそうに目を伏せた。

そして頰《ほお》を赤らめながら、小さく頷く。

「ありがとう、ございます。……この着物は、母の形見でして。由弦さんに褒めていただいて、とても嬉《うれ》しいです」

「なるほど。道理で、君に良く似合うわけだ」

愛理沙と正式に婚約を交わした折には、彼女の血縁上のご両親に挨拶をしなければと思いつつ。

由弦はゆっくりと、愛理沙に手を伸ばした。

「いや、その……草履だと、歩きにくいだろう？　手を握ろうかと、思って」

由弦の心臓が、バクバクと鳴った。自然と顔が熱くなる。

一方の愛理沙も由弦に釣られたのか、耳まで顔を真っ赤にしていた。

そしておずおずと、手を伸ばす。

「で、では……その、お願いします」

「あぁ……任された」

由弦は愛理沙の白い手を取った。

その手はとても柔らかく、そして温かかった。

絶対に離さないと、由弦は自分の指を愛理沙の指に絡めるようにして握り直す。

恋人繋《つな》ぎという形だ。そして互いの肩が触れ合うほど、距離を詰める。

「あ、あの……由弦さん？」

愛理沙は戸惑いの声を上げ、すぐ隣の由弦を見上げた。

由弦はそんな愛理沙に対し……何気ない表情と声音で返答する。

「どうした？」

「……い、いえ、何でも、ないです」

恥ずかしそうに愛理沙は顔を伏せた。

「……由弦さん？」

由弦は互いに握った手をポケットに入れたかったが……残念ながら双方着物で、ポケットがなかったので断念した。

それから二人で歩き始める。

二人の間に会話はなかった。

愛理沙は何故《なぜ》か距離が近い由弦に対して恥ずかしそうに顔を俯《うつむ》かせながら歩いている。

一方で由弦は積極的に愛理沙との距離を詰め、愛理沙の態度には気付かないフリをしながら真《ま》っ直《す》ぐ前を向いて歩く。

「あ、あの……由弦さん」

「どうした？　愛理沙」

「その、どこに向かっていますか？」

沈黙に耐え切れなくなった愛理沙が由弦に尋ねた。

勿論、由弦も当てもなく愛理沙を外に連れ出したわけではない。

「近くに神社があるんだ。初詣……はもう、家族で済ませてしまったけど、一緒にお参りに行かないか？」

「……そうですね。良いと思います。私はまだでしたし」

愛理沙は小さく頷いた。

それからふと、疑問に思ったのか……愛理沙は由弦に尋ねた。

「その神社って……高瀬川家と所縁《ゆかり》があったりするんですか？」

「えっ⁉ 所縁……所縁か……いや、そんなにないな。ただ近所にあるというだけで……いやまあ、近所にある以上相応の付き合いはあるが……どうしてそんなことを？」

「いえ、別に大した理由があるわけではないのですが。何かこう、高瀬川家の歴史とか、そういう関わり合いがあるのかなと。ほら、お屋敷も含めてとても歴史がありそうだったので……」

　愛理沙は少し高瀬川家の歴史に興味がある様子だった。

　由弦にとって、愛理沙が自分の家に強い興味を抱いてくれることはとても嬉しい。

「歴史、か……」

　それに……いずれ、愛理沙は由弦の妻になる。

　これはすでに由弦の中では決定事項だ。

　なら、少しは今のうちに知識として知っておいた方が良いのかもしれない。

「我が家の歴史は四百年以上前まで遡れる。実はこう見えても、かのやんごとなき方が……」

「おぉ……！」

「胡散臭《うさんくさ》い家系図によれば先祖らしいな」

「……胡散臭いんですか？」

「全くの嘘ではないと思うがな」

少なくとも直系ではないことは確かである。

なお、高瀬川家と縁が深い橘家――橘亜夜香――も胡散臭い家系図の持ち主である。

上西家《うえにしけ》――上西千春――も自称、千年以上前から続く一族であるが……途中から家を乗っ取った形跡があるので、これも胡散臭い。

大昔から続く名門など、実際にはあり得ないというお話だ。

ちなみに一番〝胡散臭くない〟家系図の持ち主は佐竹家――佐竹宗一郎――だったりする。

「正直なところを言えば、うちの家は成り上がりだな」

経済力と政治力を駆使して、良い家柄の女性を嫁に迎えてきた。

そういう一族だ。

実際、由弦の母や祖母の生家は経済的には高瀬川家に劣るものの血筋的には高瀬川家に優《まさ》る家の生まれである。

「あとまあ、うちの家は元々分家でな……」

「え、そうなんですか？」

「戦後のゴタゴタの時に曾祖父《そうそふ》が下剋上《げこくじょう》を果たしたらしいな」

分家が本家よりも勢いが強くなってしまい、その地位から追い落としてしまったということだ。

もちろん、〝ゴタゴタ〟があったからこそ、そういうことができたわけだが。

「なので、もしかしたら考えようによっては君の方が良い家柄なのかもしれない」

愛理沙の実父の家である〝雪城〟はとても良い家柄で、名門である……と由弦は聞いていた。

もちろん、〝過去形〟であるが。

「へぇ……そうなんですか」

一方、愛理沙の反応は少し鈍かった。

あまり自分の家柄については興味がない様子だ。……実感が湧かないというのもあるかもしれないが。

さてそんなやり取りをしながら歩いているうちに、神社に辿《たど》り着《つ》いた。

二人は五円玉を入れて、二礼二拍手一礼をした。

そして帰り道に愛理沙は由弦に尋ねた。

「何か、お願いごとをしましたか？」

「まあね」

由弦は短くそう答えてから……その願いの内容を口にする。

「今年も、愛理沙と一緒に過ごせますように、と」

告白が上手くいきますように、とか。

愛理沙と結婚できますように、などとは……祈らなかった。

それは由弦が、自分自身の手で叶《かな》えることであるような気がしたからだ。

愛理沙を幸せにするのは、神ではなく自分だと。

由弦はそんなしょうもない、独占欲を抱いていた。

「……同じ、ですね」

「……同じ？」

「私も……その、今年も由弦さんと一緒にいられますように、と祈りました」

そう言う愛理沙の頬は僅かに紅潮していた。

そして由弦も、自分自身の耳が熱くなるのを感じた。

二人は互いの手を、握り直す。

その後……二人は無言で帰路についた。

不思議と、その沈黙は心地良かった。

第二章　〝婚約者〟の気持ち

正月が明けてから、最初の登校日。

いつものように由弦《ゆづる》は友人たちと一緒に昼食を食べていた。

「お前、それ温かそうだな」

由弦の弁当箱を見ながら、宗一郎《そういちろう》は羨ましそうに言った。

由弦は温かいコンソメスープを飲みながら、頷《うなず》く。

「ああ。冬に温かい食べ物や汁物が食べられるのは良いな」

由弦が使用しているのは、汁物なども一緒に容《い》れられる、保温性の弁当箱だ。

勿論《もちろん》、中身は愛理沙《ありさ》の手作り弁当となっている。

白米もおかずもスープも、まだ温かい。

今までは自宅にあった適当な弁当箱を使用していたのだが、冬休みを期に一新した。

「俺も買おうかな……ところで、夏場ってどうなんだ？　腐りやすくならないのか？」

「高温状態なら、むしろ細菌は繁殖しないから、安全らしいぞ？　下手に冷ます方が腐りやすくなるんだってさ」

愛理沙も同様の保温弁当箱を使用しているらしい。

料理に関する知識の完璧さは、さすがは愛理沙と言うべきか。

(そうか……愛理沙と結婚できれば、今後一生、こういう食事ができるわけだな)

逆に言えば愛理沙を手放せば、これが食べられない。

絶対に自分の物にすると、プロポーズを成功させてみせると由弦は決意を新たにする。

「何、ニヤニヤしているんだ。気持ちわりぃな……」

「悪い。愛理沙のことを考えていた」

聖《ひじり》の指摘に対して由弦が堂々と答えると、彼は角砂糖の蜂蜜漬けを食べたような顔をした。

口直しをするようにお茶を飲む。

「俺のクラス、この後体育でさ……」

そして話題を変えるようにそんなことを口にした。

非常に嫌そうな表情だ。

「食後か……」

「キツいな。特に今の時期は」

由弦と宗一郎は聖に同情する。

なぜ、今の時期は〝特に〟辛《つら》いのか。

それは一か月後に控えている、由弦の高校のある行事に原因がある。

「だりぃな……マラソン大会」

由弦の高校では二月の頭に、マラソン大会が実施されるのだ。

今の時期はその練習のため、体育はほぼ全て、持久走に切り替わっている。

「確か……男子が十キロで、女子が七キロだったか？」

由弦がそう言うと、宗一郎が頷いた。

「地味に長いよな。十キロ」

由弦は決して運動が嫌いではない。

健康のために長距離を走ることもある。

だからそれなりに持久力に自信はあるが……しかし別にマラソンが趣味というわけではない。

そして日頃から熱心に運動をしているというわけでもない。

そしてそれは宗一郎や聖も同じだった。

「まあ……あと何キロとか考えていると長いけど、何も考えずに走ってれば、すぐに終わるんじゃないか？　体感的に」

「それはそれで飽きるだろ……つまんねぇよ、マラソン」

由弦の言葉に聖はため息交じりに答えた。

マラソンのような長距離走の好き嫌いは人によるだろう。

だが……少なくとも聖はあまり好きではないようだ。

「そうか？　俺は長距離走、好きだけどな。頭空っぽにしながら走ってれば終わるからな。一々、考えて動かなければいけないスポーツよりは楽だ」

そう言ったのは宗一郎だ。

彼は見た目は真面目そうなのだが、実は意外に面倒くさがり屋である。

そして同時に要領の良い男でもある。

（俺は愛理沙のことでも考えながら……いや、顔がニヤけるからやめておくか）

ニヤけながら走る男は控え目に言ってかなり気持ちが悪いだろう。

由弦は自制することにした。

「まあ……しかし闇雲に走るのもつまらないし、ここは一つ、勝負しないか？　一番遅かった奴《やつ》が、二人に飯を奢《おご》る。どうだ？」

由弦がそう提案すると、二人はニヤリと笑った。

どうやら乗り気らしい。

「俺は構わない」

「俺もだ。……やっぱり、目標があった方が楽しいしな」

こうして〝勝負〟が決まった。

言い出しっぺは由弦自身だが……少し真面目に授業を受けなければならないと決意した。


さて、放課後。

由弦は一人、校門の前で立っていた。

しばらく待っていると……女子の集団が歩いてきた。由弦と同じクラスの少女たちだ。

そしてその中に紛れ込むように、愛想笑いをしている少女が一人。

（……こうしてみると、案外目立たないんだな）

女子たちと談笑している愛理沙を見ながら、由弦はふと思った。

愛理沙はとびっきりの美少女だが、しかし集団に溶け込むと案外、目立たない。

愛理沙自身が影を薄くすることを心掛けているのだろう。

実際、一見楽しく談笑しているように見えるが……よく見ると一歩引いた位置で、聞き役に徹している。

顔に張り付いている笑みも、作り笑いだ。

おそらく、愛理沙なりの処世術なのだろう。

あれだけ容姿が良いと、いろいろやっかみを集めてしまう。

下手をすれば虐《いじ》められるかもしれない。

集団のリーダーになれば話は別かもしれないが、愛理沙はそういうことがあまり得意ではないように見える。

だからこそ、目立たないように徹しているのだろう。

他の女子からしても容姿の優れた愛理沙が大人しく、自分たちよりも比較的〝低い〟地位に位置しているのは、心地が良い……

というのはさすがに性悪説的に考えすぎかもしれないが。

そこまで考えた由弦は携帯を取り出し、弄《いじ》りながら……愛理沙が校門で女子たちと別れるまで待った。

愛理沙だけ帰り道の方向が違うことは調査済みだ。

そして愛理沙は他の女子を見送って、踵《きびす》を返した。そのタイミングで由弦は声を掛けた。

「愛理沙」

「ふぇ⁉　……由弦さん、どうして？」

愛理沙は驚いた様子で目を丸くした。

由弦は少し緊張しながらも、平静を装って言った。

「君と一緒に帰りたいと思って」

本当は他のクラスメイトたちの目の前で愛理沙に声を掛けることで、外堀を埋めようかと考えていたのだが……

愛理沙に迷惑が掛かりそうだったので途中で計画を変更した。

勿論、近いうちに愛理沙が由弦の恋人（となる予定）であることは学校で周知の事実にするつもりではあるが。

「ダメだったかな？」

固まってしまった愛理沙に尋ねると……

彼女は首が取れるのではないかという勢いで、首を大きく何度も左右に振った。

「ま、まさか！　全然、大丈夫ですけれど……」

そういう愛理沙の顔はやや赤らんでいた。

戸惑った表情で由弦の顔色を窺《うかが》っている。

「じゃあ、行こう、愛理沙」

由弦はそう言うと、愛理沙と一緒に歩き始めた。

彼女の歩幅に合わせ、車道側を歩かせないように気を遣う。

「その……由弦さん。今日はどうして突然？」

「愛理沙と一緒に帰りたいなって……そういう気分になったんだ。……これから時間が合えば一緒に帰りたいなって思っているんだけど、ダメかな？」

そう尋ねると、愛理沙の顔は増々、赤くなった。

そして小さく頷く。

「は、はい……大丈夫です。でも、その、クラスの人には……」

「分かった。隠れて待ち伏せしていることにしよう」

「……それはストーカーみたいですね」

くすっ、と愛理沙は小さく笑った。

それに対して由弦も笑う。

由弦は肩が触れ合う程度の距離を維持しながら、愛理沙と歩く。

最初は二人で楽しく談笑していたが……駅が近づいてくると、愛理沙の口数が減り始めた。

そしてどこか、心ここにあらずという表情になる。

「愛理沙。何か、悩みでもあるのか？」

由弦は愛理沙と一緒に帰る、本当の目的を果たすためにそう尋ねた。

最近、愛理沙は心ここにあらずという調子で、ボーッとしていることが多い。

冬期休暇前から授業中に愛理沙のことを眺めているから分かる。

以前は真面目に授業ノートを取っていたのに、最近はボーッと何かを考え込んだ様子で宙を見て、そして慌てて黒板の文字を書き写すという行動が増えている。

最初は新鮮で可愛《かわ》いと思っていたが、どうにも悩み事があるように見えた。

というのも最近の何かを考え込んでいる時の愛理沙は、少し表情が暗いのだ。

「え？　……いえ、大丈夫です」

由弦に尋ねられた愛理沙は首を左右に振った。

しかしその言葉は否定の言葉ではなく、「大丈夫」という由弦を安心させる言葉だった。

「そうか」

正直なところ、あまり大丈夫そうには見えなかった。

とはいえ、「大丈夫なはずがない」と決めつけるわけにはいかない。

愛理沙が「大丈夫」と言うのはつまり、あまり由弦に首を突っ込んで欲しくないからだ。

そして丁度、その時に駅の改札前に到着した。愛理沙は由弦の方に向き直り、軽く頭を下げた。

「では、由弦さん。また明日」

「ああ。…………愛理沙」

立ち去ろうとした愛理沙を、由弦は引き留める。

そして愛理沙の両肩に手を置いた。

「え、えっと……」

「俺は君の味方だから。もし何か、力になれることがあったら、いつでも言ってくれ」

愛理沙の翡翠色の瞳が動揺で揺れた。瞳が僅かに潤む。

「はい、由弦さん。ありがとうございます」

それから愛理沙は小さく、頷いた。

※

由弦の自宅からしばらくした場所にあるレストラン。

その控室でウェイターの制服に身を包んだ少年と、中性的な雰囲気の男性が向かい合っていた。

「それで由弦君。今期のシフトだけど、どうする？　今まで通り？」

「そうですね……可能であれば、増やしていただけると助かります」

中性的な雰囲気の男性――バイト先の店長――に対して由弦は言った。

由弦は三つほど、バイトを掛け持ちしている。

一つは父親の知人の家の子供の家庭教師。

もう一つはやはり父親の知人の弁護士の手伝い（雑用）。

そして最後はこのレストランだ。

時給では家庭教師が一番高く、二番目が弁護士の雑用である。

とはいえこの二つは週に一度の出勤であり、時間も固定で、自由にシフトを変えられるわけではない。

そのため一番の稼ぎ頭はレストランでのウェイターとしてのアルバイトになる。

「大丈夫ですか？」

「私としては助かるけどねぇー、勉強は大丈夫？　由弦君の成績が下がったら、私がご両親に叱られちゃうからね」

当然のことながら、このレストランの店長も由弦の両親の知り合いである。

もっとも……こちらは父や〝高瀬川《たかせがわ》〟の縁ではなく、由弦の母の縁なのだが。

「光海《ひろみ》さんには迷惑を掛けないようにします」

長谷川《はせがわ》光海。

それが彼の名前だ。

非常に親切な人で、由弦はとてもお世話になっている。

両親が由弦を任せるくらいなのだから、当然なのだが。

……由弦としては自分で仕事を見つけたかったが、それは許してくれなかった。

世の中悪い人がいるので、当然と言えば当然なのだが。

ついでに言えば……もしも由弦が〝何か〟をやらかした時に、知り合いの方が揉《も》み消《け》しが利くという汚い大人の事情もあるのだろう。

勿論、何もやらかす気はないのだが。

「まあ、由弦君なら大丈夫か。店としても助かるし……ところで理由を聞いても？　嫌なら良いけど」

「ホワイトデーのために、お金を貯《た》めようと思っていまして」

由弦がそう答えると、光海は「へぇー」と大きく目を見開いた。

そしてニヤニヤと笑みを浮かべる。

「何？　貰《もら》う前提ということは、彼女さんだったりするの？　そう言えばクリスマスには予定があるって言ってたし、由弦君もやることはやってるのねぇー」

「まあ……彼女では、ないんですけどね。好きな人です」

愛理沙は彼女ではない。

が、きっと自分にバレンタインデーのチョコレートを贈ってくれるだろう……と由弦は見込んでいた。

もしくれなかったら本気で落ち込む。

ともかく、バレンタインデーのチョコレートを贈ってもらえるのが確実ならば、今のうちにホワイトデーのプレゼントの用意をしておくべきだ。

クリスマスのプレゼントがジャブ打ちだとすれば、今回は本気のストレートを放ち、愛理沙をノックアウトするつもりだ。

故にそのためには相応のお金がいる。

「へぇ……じゃあ、恋人になったら紹介してくれないかしら？」

「はい。その時は勿論」

将来の妻を、お世話になった人に紹介するのは当然のことだ。

「ところで、美人？　誰似とかある？」

「そうですね……」

由弦は有名な海外の女優の名前を口にする。

すると光海は首を傾《かし》げる。

「もしかして、海外の方？」

「ミックスですね。まあ、生まれも育ちも日本ですが」

由弦は聞かれるままに愛理沙の情報を——勿論、彼女のプライバシーに関することは伏せて——話した。

美人で、料理上手で、頭が良く、運動もできる、素晴らしい女性だと。

それを聞いた光海はなるほどと、大きく頷く。

「由弦君、ゾッコンなのね」

「そうですね」

「否定しないんだ」

「事実ですからね」

由弦が愛理沙に夢中であることは事実で、そして恥ずかしがるようなことではない。

勿論、揶揄《からか》われれば少し恥ずかしいという気持ちもあるが。

恥ずかしがるのはカッコ悪いので、堂々とする。

「なるほどねぇ……」

光海は何か納得するように頷いた。

「分かったわ。できる限り、増やしておくわね」

「ありがとうございます」

それから控室から退室した光海は、少し困った様子で頭を掻《か》いた。

「……うちの女の子たちには、何て説明しようかしらね」

罪な男だわ……

と、小さく呟《つぶや》き、ため息をついた。

※

さて、それから数日後の土曜日。

基本的に土曜日に関しては「愛理沙の日」として、由弦は空けている。

愛理沙が来るということもあり気合いを入れて部屋を掃除していると……

由弦の携帯が鳴った。愛理沙からだ。

「はい、もしもし。どうした、愛理沙」

『すみません……今日は由弦さんのお家には行けません』

その声はどこか、普段の愛理沙とは異なっているように感じた。

少し掠《かす》れているのだ。

「……体調が悪いのか？」

そう言えば昨日はあまり顔色が良くなかったと、由弦は思い返した。

もしかしたら、風邪かもしれない。

『はい……げほっ、風邪を引いてしまって』

やはり風邪のようだ。

しかし今、このタイミングで風邪というのはあまり良くない。というのも……

「今、確か君は一人だったろ？　妹さんは友達の家へ泊まりに、お母さんは友人と旅行と聞いたけど」

そして当然、天城直樹《あまぎなおき》は仕事。

天城大翔《はると》は大学へと戻っている。

普段なら気を遣う相手がいなくてむしろ気が楽になる……と言えるかもしれないが、病気の時に一人は辛いはずだ。

『げほ、げほ……大丈夫です。寝てれば治りますから』

その台詞《せりふ》はとても気丈だった。
しかし……それが逆に由弦を心配させた。
まるで由弦に心配をかけないようにするため、無理をしているように感じられた。
「本当に大丈夫か？」
『……大丈夫です。ご心配は不要です』
返答までに若干の間があった。
やはり虚勢を張っているようだ。
由弦には愛理沙が助けを求めているように感じられた。
(愛理沙の意志を尊重したいところだけど、病気となるとな……)
軽い風邪だとしても、急に悪化することもある。
もしかしたら、インフルエンザかもしれない。
さすがに今回は愛理沙の意志を尊重云々《うんぬん》と言っている場合ではないだろう。
それに……
(口では大丈夫だって言ってるけど、助けて欲しがっている……ような気がする)
もう半年の付き合いだ。
愛理沙の気持ちはある程度、察することができるようになってきた。
「じゃあ、これからお見舞いに行くよ」

『え？　いや、でも……』

「前、俺が怪我《けが》をした時に君は看病してくれただろ？」

由弦が木から落ちて、捻挫した時の話だ。

今思うと、愛理沙との距離がグッと縮まったのはそれがきっかけだ。

「今度は俺に助けさせてくれ」

由弦がそう言うと……

しばらくの沈黙の後、少し湿った声が聞こえてきた。

『よろしく、お願いします』

「任された」

※

愛理沙の家に行く前に、まずやらなければならないことがある。

それは家の当主であり、愛理沙の保護者である天城直樹に連絡を取ることだ。

人様の家の敷居を跨《また》ぐ以上、許可を得るのは当然のことだ。

……もっとも、ダメと言われた時は説得するか、もしくは愛理沙を自分の部屋に連れ帰ってでも看病するつもりでいるので、あくまで形式的なものに過ぎないのだが。

さて、直樹に電話を掛けた由弦は手短に……

仕事中に電話を掛けたことへの謝罪。

そして愛理沙が風邪を引いていること。

様子を見に行くため、家に入るが許してほしい。

看病のために台所を一部、使わせてほしい。

以上の四点を伝えた。

それに対する直樹の反応は淡泊なものであった。

『ああ、大丈夫だ。……すまないね、由弦君。娘をよろしく頼むよ』

「いえ、愛理沙さんは〝僕の〟婚約者ですから」

特に意識することなく、「僕の」という部分を自然と強調してしまった。

〝僕〟という一人称は言うまでもなく、自分の〝婚約者〟の父親、将来義父となる人物に対してあらたまった表現であるが……

隠しきれない独占欲のようなものが、思わず漏れてしまったのだ。

『……ところで、由弦君』

「はい。……何でしょうか？」

『由弦君は……愛理沙のことを、どう思っているのかな？』

急に何を聞くんだ？　と由弦は思わず、首を傾げた。

「大切な人だと、思っています」

『……ふむ、そうか。いや、すまない。変なことを聞いたね』

直樹も仕事中ということもあり、あまり長話をするわけにはいかない。

後で愛理沙の体調については伝えることにして、電話を切った。

直樹の許可を得た由弦は、愛理沙の家へと向かった。

インターフォンを鳴らし、自分が来たことを伝える。

しばらくするとドアが僅かに開いた。

玄関には寝間着と、その上に上着を羽織った愛理沙が立っていた。

普段は綺麗《きれい》に梳《と》かされている髪は僅かに乱れている。

顔半分はマスクで隠されているが……顔色があまり良くないことは分かる。

「おはよう、愛理沙」

「おはようございます……ごほっごほ」

愛理沙は咳《せき》をした。

あまり冷えては良くないと考えた由弦はすぐにドアを閉めてしまう。

「すまない、起こしたかな？」

「いえ、大丈夫です……」

一先《ひとま》ず、由弦は愛理沙に案内される形で彼女の部屋まで赴いた。

（あまり体調は良くなさそうだな）

気丈に見せてはいるが、足取りは少し覚束《おぼつか》ない。

一先ず今日一日は一緒にいた方が良いだろうと由弦は判断した。

「ここが私の部屋です」

愛理沙の部屋を見るのは、初めてだった。

ややこぢんまりとはしているが、インテリアなども可愛らしい。

とても女の子らしい部屋だった。

もし愛理沙が病気でなければ、由弦も少しは楽しめただろう。

「そうか。場所は覚えたよ。一先ず、君は寝てなさい」

「……はい」

やはり愛理沙も辛かったらしい。

素直にベッドの中に潜り込んだ。

「病院は行ったか？　その様子だと、行ってないみたいだけど」

「……いえ、行ってないです。げほっ……三十七度くらいなので、大丈夫だと思います」

そう言う愛理沙は……正直なところ、あまり大丈夫そうには見えない。

とはいえ、三十七度程度ならば、すぐに病院に行かなければならないというほどの緊急性はないだろう。

「……ところで、昼食は食べたか？　まだなら、レトルトのお粥《かゆ》とか、桃缶でも買ってこようと思うけど」

お粥を手作りすることはできないが、レトルトくらいならば由弦でも何とかなる。

もっとも、もしこの家にすでに常備されているならば、それを開けても良いが。

「ん……まだです。買ってきていただけると、助かります。そういうの、この家にはなくて……少し困ってました」

「分かった。あとのど飴《あめ》とポカリスエットでも買ってこようと思うけど。他に欲しい物はあるか？　薬は足りてる？」

「薬は常備薬があるので、大丈夫です。……その、申し訳ないのですが、冷えピタも買ってきていただけると……助かります。今、切らしてて」

「よし分かった」

由弦は愛理沙に対し、もし何かあったら携帯で連絡をするように言い含めると、近くにあった薬局で必要な物を購入した。

特に愛理沙からの連絡はなかったが……万が一を考えて、小走りで家まで戻る。

「愛理沙、帰ったぞ」

部屋の前で愛理沙にそう告げるが、返事がない。

ドアをノックしてから、愛理沙の部屋に入る。

（……寝てるのか？）

そう思い、由弦は愛理沙の顔を覗《のぞ》き込《こ》んだ。

先ほどよりも顔色が悪いように見える。

「うっ……由弦さん？」

「大丈夫か？」

顔に汗を浮かべ、端整な顔を歪《ゆが》めながら、愛理沙は薄目を開けた。

とても辛そうにぐったりとしている。由弦は愛理沙の額に手を当てた。

「酷《ひど》い熱だな……測り直した方が良いな。自分で測れるか？」

由弦は近くにあった体温計を手に取り、愛理沙に尋ねた。

愛理沙は小さく頷くと、寝間着のボタンを一つずつ開け始めた。

白い清楚《せいそ》な下着が視界に映り、由弦は慌てて目を逸《そ》らした。

「測れたか？」

「……はい」

由弦は愛理沙から体温計を受け取る。

数値は……三十八度七分。

「この熱だと、病院に行った方が良いね。インフルエンザかもしれない」

「うぅ……でも、どうやって……」

「タクシーを呼ぶよ」

由弦は携帯を使ってタクシーを呼び出した。

幸いにも近くに空車があったようで、タクシーはすぐにやってきた。

「愛理沙、立てるか？」

保険証やおくすり手帳などの準備を終えた由弦は愛理沙に尋ねる。

愛理沙はぼんやりとした様子で、首を縦に振った。

「はい、大丈夫です」

愛理沙は小さく頷くと、ふらふらと立ち上がった。

が、しかしすぐによろけそうになる。

由弦は慌てて愛理沙を支えた。

「無理するな。抱くぞ？」

「あ、いや……ちょ、ちょっと……」

由弦は一方的に告げると、戸惑いの声を上げる愛理沙を無視して、抱え上げた。

お姫様抱っこの形になる。

最初は驚いていた愛理沙だが……

すぐに由弦の服を両手で掴《つか》み、大人しくなった。

由弦はそのまま愛理沙を抱えて歩き、タクシーに乗せ、運転手に病院へ向かうように頼んだ。

幸いにも病院は空《す》いており、診察はすぐに終わった。

風邪の方も熱が少し高いだけで、インフルエンザのような厄介な病気というわけでもなく、鼻水・咳などの薬と、解熱剤を処方してもらい、すぐに家へと帰った。

帰った時にはすでに昼時だった。

「愛理沙、食欲はあるか？」

ベッドに戻した愛理沙へ、由弦は尋ねた。

愛理沙は小さく首をふるふると横に振った。

「あんまり、ないです……」

「そうか……」

とはいえ、処方された薬には『食後』と書かれている。

何か食べないと薬を飲めない。

「桃缶なら、食べられるか？」

「……ちょっとなら」

そう言うので、由弦は冷蔵庫まで向かい、冷やしておいた桃の缶詰を取り出した。

適当な皿に移し、フォークと一緒に持って行く。

愛理沙の体を起こしてあげると、手に皿を持たせた。

「無理そうなら、残しても良い。取《と》り敢《あ》えず、一口は食べてくれ」

「……」

愛理沙はぼんやりと、皿を見つめた。

それからその翡翠色の瞳を由弦へと移す。

「あの……」

「どうした？　……食べられないか？」

「いえ、その……」

愛理沙の頰《ほお》が僅かに紅《あか》く染まった。

それは……風邪や熱の症状とは、少し異なった理由からのように見えた。

「どうした？」

もしかして白桃よりも黄桃の方が良かったとか？

と、由弦がそんなことを考えていると……

「……ください」

「うん？」

「食べさせて、ください」

潤んだ瞳で愛理沙は由弦にそう言った。

※

いつの頃から、あの人のことが好きになってしまったのだろうか？
ふと、思い返す。
あの人と初めて出会ったのは入学式の時。
養父からは「決して揉め事は起こさないように」と厳命されていた。
だから初めから、彼のことは知っていたし、印象も良く覚えている。
とても物静かで、落ち着いている人。
それが彼の印象で、そして多くのクラスメイトたちもそういう印象を持ったと思う。
クラスの女の子たちは、カッコいいけれどおとなしそうな人と彼のことを評した。
しかし私は彼のことを、おとなしそうな人だとは思えなかった。
今にして思うと、私は彼のことを……怖いと思ったのだ。
例えるならば、大きな木。もしくは鬱蒼《うっそう》と木が茂る森だ。
静かで、落ち着いている。
だけれど……とても強い力を持っている。
そう感じた。

同じクラスになって、私と彼の間には特に会話はなかった。

私は男の人とあまり関わり合いになりたくないと思っていたし、彼の方は特に私に対しては興味を抱いていない様子だった。

だから養父から「彼がお前との見合いを望んでいる」と言われた時には、少し驚いた。

彼は私に対しては、明らかに無関心だった。

本当に彼は私のことが好きなのかと、疑問に思いつつも……私はお見合いを断れず、承諾した。

そしてやはり、彼が私との結婚を望んでいるというのは養父の誤解だった。

それどころか彼は、あまり結婚したくないという様子だった。

当然だと思う。

高校生で婚約だとか、結婚だとか……さすがに考えられない。

だから、もしかしたら。

〝偽装婚約〟という無茶《むちゃ》なお願いも聞いてくれるのではないかと、思った。

そして結果的に彼は私のお願いを聞いてくれた。

私を庇《かば》うために。

優しくて、気遣いもできる人。

そんな印象が加わった。

その時から彼のことが好きだったか……と聞かれると、分からない。

少なくとも、あの時は彼に対しては強い思いを抱いていなかった……と思う。

はっきりと断言できないのは、今、思い返すと、彼の気遣いをとても嬉《うれ》しく、頼もしく感じ、そして……とても胸が苦しくなるからだ。

それから、成り行きもあって彼の部屋に週に一度、通うことになった。

彼のことを、たくさん知ることができた。

そして私のことも、私の家庭事情についても、気付くと彼に話していた。

大抵の人は、私の事情を知ると……大きく分けて二つの行動を取る。

〝大きなお世話〟をするか、逃げるかだ。

いや、この表現は私にとって都合が良すぎるかもしれない。

義兄は時折大きなお世話をしてきた。

大したこともできないくせに余計なことをされて、私の立場が悪くなった。

だから私は助けて欲しいのに、助けなんて要らないと言うようになった。

だって、助けられないのに助けようとしてくるから。

そんなことをされてしまうと、私の立場は余計に不利になる。

私が助けを拒絶するから、人は見て見ぬふりをしたり逃げ出したりするようになった。

助けて欲しいのに、助けて欲しくない。

私にとって都合が良いように、都合の良い匙加減《さじかげん》で、助けて欲しい。

本当に我が儘《まま》で、自分勝手で、傲慢な考えだと思う。

何の意思表示もできない弱虫な私のそんな意図を汲《く》んで、それを実行してくれるような都合の良い白馬の王子様などいるはずがない。

いるはずがない……

のだけれど、彼はそうしてくれた。

力になると、言ってくれた。

できる限り私を助けようとしてくれた。

けれども私の立場が不利になるような、強引なことはしなかった。

もしかしたら、美化しすぎているかもしれない。

偶然かもしれない。

けれど、それでも……彼は私のことをしっかりと見て、何も言わない私の意図を汲み取って、私の意思を尊重して、私がして欲しいことをしてくれた。

この人は私を守ってくれる。

そんな安心感を抱くようになった。

だから……彼なら安心だと、そう思って、プールのデートにも付き合った。

そしてそこで、偶然に鉢合わせした亜夜香《あやか》さんと千春《ちはる》さんに聞かれた。

彼のことが好きなのか？　と。

いつから彼のことが好きになったかは分からない。

けれど、はっきりとそれを自覚したのはいつなのかと言うと……その時だろう。

まず、私は彼と、亜夜香さんや千春さんの間にそういう関係や気持ちがないことを確認できて、とても安堵《あんど》した。

加えて、亜夜香さんと千春さんに由弦さんへの好意の有無を聞かれて……自覚した。

私は彼のことが、好きなのだと。

そして夏祭りの日、それは決定的になった。

彼は私の〝嘘《うそ》〟を許してくれた。

彼なら、信じられる。

安心できる。

身を委ねても良い……かもしれない。

そう思った。

彼に抱きしめられると、ドキドキした。

頭を撫《な》でられると、安心した。

逆に彼の頭を撫でて、悪戯《いたずら》したい気持ちに駆られた。

これが恋なんだと、はっきりと分かった。

彼も同時に私のことを好きになってくれていたか……は分からない。

けれども彼は養母から私を守ってくれたし、私の粗末な誕生日プレゼントにも喜んでくれた。

だから……罪悪感を少し覚えた。

だって、私は彼に何も返すことができていないから。

助けてもらってばかりで、それも……私自身は助けてと口にしないで。

全て責任を彼に押し付ける、そんな行為だ。

自分がとても醜く、感じられた。

だから私は……彼に、当たってしまった。

私は醜い人間だと。

彼はそれを知らないんだと。

本当に無茶苦茶《むちゃくちゃ》で、自分勝手で、我が儘だった。

だけど彼はそんな私を、受け入れてくれた。

私が醜い人間だということを知った上で、それを肯定してくれた。

申し訳ない気持ちは、今もある。

けれど、胸が軽くなった。

同時に私も彼に何か、返さなければいけないと思った。

尽くされてばかりではなく、私も彼に尽くさなければと。
とはいえ……私が彼にできることと言えば、お弁当を作ることくらいだった。
でも、彼は喜んでくれた。
いつも美味《おい》しかったと、言ってくれた。
このままずっと、彼のためにお弁当を作っても良い。
夕食も毎日、彼のために手作りしたい。
そんなことを思うようにまでなった。
そしてクリスマスの日、彼は私にこれからも料理を作って欲しいと言ってくれた。
まるで、プロポーズのようだなと思った。
勿論、彼はプロポーズの意図で言ってくれたわけではないだろう。
でも、それがプロポーズであったとしても私はその言葉に対し、頷いただろう。
喜んで、受け入れた。
この時、私は思ったのだ。
この人となら、結婚しても良いと。
彼となら、結婚して、夫婦になって、子供を産んで、一緒に歳《とし》を取って、孫に囲まれて
……そんな人生を、想像することができた。
今まで考えないようにしてきた、彼との結婚が現実味を帯びてきた。

彼から貰ったネックレスを眺めながら、彼との結婚生活を思い描くようになった。

薄々思ってはいたけれど、彼は私のことを好いてくれている。

それはネックレスを見れば分かる。

彼が私に贈ってくれたネックレスはブランド物の、とても素晴らしい品物だった。

一目見て、分かった。

彼が私の趣味を把握してくれていること……以前、映画館でデートをした時に私が彼に話したことを、彼はしっかりと聞いて、覚えていたことを。

それにそのネックレスはとても高価な品物だ。

バイトで生活費を捻出している彼にとって、安い買い物ではないだろう。

好きでもない女性にそんなものを贈ったりはしない。

だから、彼は私のことが好き……なはずだ。

私と彼の関係は偽物の〝婚約者〟だ。

しかしそれは私と彼の間に、双方好意がなく、私が自分だけの力で生活できるようになった段階で婚約破棄をすることが、前提となっている。

その前提は崩れた。

私は彼のことが好き。

彼は私のことが好き。

なら、このままの関係を続けて行けば良い。

そうすればやがて、私たちは普通の婚約者となって……結婚する。

呑気《のんき》にそんなことを私が思っていた時だった。

唐突に養父から言われた。

「お前が嫌なら結婚しなくても良いぞ」

と。

それを言われた時、最初、私は何か粗相をしてしまったのかと思った。

というのも、丁度お正月の挨拶のために、彼の実家へ行ったあとだったからだ。

それとも彼が私に愛想を尽かしてしまったのか。

不安に思い、私は養父に尋ねた。

するとしばらく考えてから、養父は答えた。

養父が言うには……元々、彼との婚約は私ではなく、芽衣《めい》ちゃんがする予定だったようだ。

しかし彼の家の方から、私への指名があった。

そして私がお見合いを望んでいることもあり、縁を結ぶこととなった。

しかし……

「もしかして、お前は本当は縁談など嫌だと思っているのではないかと、思ってな」

と、そういうことらしい。

どう答えて良いか分からず、私はただ呆然《ぼうぜん》としていた。

私が押し黙っていると養父は、「嫌なら結婚しなくても良い。嫌なら……嫌と言いなさい。返答はしばらく待つ」と私に言った。

確かに少し前までは、嫌だった。

けれど今は嫌ではない。

はっきり言って今更な話だし、そして今となっては意味のない言葉だった。

どうしてこんなことを言い始めたのか。

ふと、思いついたのが……養母の存在だ。

養母は私のことを嫌っている。

そしてこの縁談のことも、私が彼と結婚することを苦々しく思っているらしい。

もしかして私が嫌がっているということを口実に、私と彼の婚約を破談にさせたいのではないだろうか？

そして実の娘である芽衣ちゃんと彼を婚約させる。

養父も私と実の娘では、当然実の娘の方が可愛いはずだから、そちらの方を彼と結婚させたいと……

というのは少し被害妄想が強すぎるのかもしれない。

けれども、決して否定はできない。

それとも……またあの人が、何か余計なことを養父か養母に伝えたのか。

あの人は本当に、いつも、いつも、いつも……

いや、やめよう。

まだそうと決まったわけではないのだから。

何にせよ、私と彼との婚約に暗雲が垂れ込めてきたのは間違いなかった。

こうなると、急に不安になってくる。

本当に彼は私のことが好きなのか？　と。

少し前まで、私は彼からの恋情に関しては……ちょっと驕《おご》り高《たか》ぶった言い方かもしれないが、絶対の自信を持っていた。

あれだけ私に優しくしてくれている。

とても素晴らしいプレゼントもしてくれた。

何より……好きでもない人に対して「抱きしめても良いか？」なんて言わない。

間違いなく両想《りょうおも》い。

もしかしたら彼の方はとっくに私のことを恋人だと思っているから、わざわざ想いを伝えて来ないのではと思うくらい、私は彼が私のことを愛してくれていると思っていた。

でも、もしかしたら全て私の妄想なのかもしれない。

私が彼のことが好きだから、都合の良い部分だけを見てしまっていると……
そんな可能性が頭を過《よぎ》った。
彼の方はひたすら〝婚約者〟に徹しているだけだと。
私のことは単なる異性の友人程度にしか、思っていないのではないかと。
考えてみると彼は幼馴染《おさななじ》みの女の子たちと、距離感が近い。
もしかしたらこれくらいの距離感は彼にとっては普通……
い、いや……さすがにあり得ない。
好きでもない人のことを抱きしめようとしたり、頭を撫でたりとか、するはずがない。
強い恋情ではないにせよ、多少なりとも私のことを好きでいてくれている……はずだ。
多分、きっと。
しかしそうであっても、やはりどうしても不安になる。
彼は素敵な男性だ。
学校ではあまり目立たないけれど、それは普段は髪を整えたりしないからだ。
私とデートをする時はきちんとお洒落《しゃれ》をしてくれる。
ちゃんとした時の彼は、とてもカッコいい。
そして背も高い。
優しいし、紳士的だ。

とても気遣いができる。

頭も良く、教養があり、運動もできる。

冗談も言えるので、話していてとても楽しい。

そして……彼の良いところを挙げる時にこれを挙げるのはきっと彼の気分を害するけれど、高瀬川家はとてもお金持ちだ。

半年前までの私は世間知らずだったために、彼の家がどれくらいの財力や政治力を持っているのか分かっていなかったけれど、さすがに今は分かる。

もちろん、私は彼がお金持ちだから好きになったわけではないし、愛しているわけではない。

もし彼の家が没落したとしても、私は彼に愛想を尽かしたりなんて絶対にしない。

ただ……そのお金目当ての女の子は、寄って来るはずだ。

とても古典的な言い方をすると、泥棒猫だ。

彼は決して浮気をするような人じゃない。

私は彼の人格を信じている。

けれど、私は彼から愛の告白も、プロポーズも受けていないのだ。

つまり私と彼の関係は〝婚約者〟を抜きにすれば、ただの異性の友人でしかない。

もし、彼がそれほど私のことが好きではないとしたら、少なくとも私が彼を想っているほど好きではないとしたら。

そしてとても魅力的な女性が彼に近寄ってきたとしたら。

考えるだけでも、嫌だ。

確かな証が欲しい。

好きと、愛していると、口にして欲しい。

言葉で表現して欲しい。

そう考えると……どうして彼は私に好きと言ってくれないのかという問いに回帰する。

彼は私のことが好き。

好きな……はずだ。

そして私は行動で、彼に対し、私が好きであることを示してきたつもりだ。

とっくに私に想いを伝えてくれても良い頃合いだと思う。

にもかかわらず、彼はまだ私に想いを伝えてくれていない。

……勿論、それは私自身にも言えることだ。

彼が私に好きと言ってくれないのであれば、私の方から好きと言うべきだ。

それが道理だ。

いつまでも黙ったまま、彼に無言でして欲しいことを伝えて、それを享受するだけというのは良くないということは分かっている。

欲しい物をただ指を咥《くわ》えて見ているだけというのは、私のとても悪い癖だ。

ただ……とても自分勝手なことだけれど、私は彼に「好き」と言って欲しい。

夢と言うのは大袈裟《おおげさ》だけれど、好きな人からロマンティックな告白をして欲しいという、願望がある。

これは私だけではなく、多くの女性に共通する想いじゃないだろうか？

それに……これは少し言い訳染みているけれど、彼自身も彼の方から告白したいと、思っているはずだ。

彼の家は（あまりこういう言い方は良くないかもしれないけれど）とても守旧的だ。

彼自身にもそういう考えが染みついている気がする。

実際、彼は私と歩く時は常に車道側を歩いてくれるし、車を降りる時は手を差し伸べてくれる。

勿論、男尊女卑的な考え方まで持っているとは思わないけれど……

告白やプロポーズは、男性側がするものだと思っているんじゃないだろうか？

だから私は極力、彼からしてくれるのを待ちたいと思っている。

話を少し戻そう。

彼は何故《なぜ》か、私に好きと言ってくれない。

私はいつでも受け入れる準備ができているというのに。

そして思い悩んだ末に、私はふと、ある可能性に行き着いた。

もしかして彼は……とてつもなく、鈍いんじゃないだろうか？

私が彼のことが好きだということに、気付いていないのではないだろうか？

両想いであることが、伝わっていないのではないだろうか？

思い返してみると、お正月の時。

彼は何気なく、私の手を取ってきた。

私はとても嬉しかったし、そして同時に恥ずかしかった。

それは表情に表れていたと思う。

手を握ってもらえてときめいてしまったことが、彼のことが好きであることが、顔に表れていたはずだ。

しかし彼は「うん？　どうしたんだ？」とでも言いたそうな表情だった。

彼は感情を隠すのが上手なので、きっと照れ隠しで惚《とぼ》けているのだろうと私は思っていたのだけれど、もしかしたら……

本気で私の好意が伝わっていないのかもしれない。

唐突に一緒に帰ろうと言ってくれた時も、そんな感じだった。

私だけが照れているようだった。

もし彼がとてつもなく鈍くて、私の好意が伝わっていないのだとしたら。

彼が思いを告げてくれない理由も納得できる。

彼はとても勇気がある人だけれど、自分のことが好きかどうか分からない人に対して想いを伝えるのに、尻込みしてしまうのは仕方がないことだ。

でも、これではいつまで経《た》っても彼は私に想いを伝えてくれない。

彼がとてつもなく鈍いとしたら、今までの接し方では決して彼は気付いてくれない。

どうしようか……

そんなことを真剣に悩んでいたのが、悪かったかもしれない。

私はせっかくの土曜日に風邪を引いてしまった。

しかも丁度、養母と芽衣ちゃんがいないタイミングで。

……いや、養母がいない方が心が休まるので、それは良かったのかもしれないけれど。

そのことを彼に伝えると、彼はとても心配してくれた。

そして私のお見舞いに来てくれる、と。

最初はとても申し訳なく思った。

その時はそんなに重い風邪ではなかったし、それに彼にうつしてしまうようなことがあってはいけない。

けれど……心細かったのも、事実だった。

それが電話越しに伝わったのだろう。

彼は私がかつて彼を看病したことを持ち出し、私が彼の助けを借りやすいように、誘導してくれた。

その気遣いがとても嬉しかった。

そして同時に申し訳なかった。

私は彼に助けてもらうことにした。

結果的にその判断は正しかった。

私の風邪は彼が来た後に、悪化してしまったのだ。

思わず彼の目の前で下着を見せてしまうくらい、高熱で判断力や意識も低下していた。

彼がいてくれて、本当に心強かった。

それに……彼にお姫様抱っこをしてもらえたことは、少し、役得だなと思ってしまった。

それから彼は私を病院に連れて行き、そして帰った後は食事まで用意してくれた。

彼は私にお椀《わん》とフォークを乗せたお盆を差し出してきた。

そこで、ふと……私は思ったのだ。

このまま、普段通りの接し方では、彼は私の好意に気付いてくれない。

それにいくら彼の告白を待つと言っても、私自身が受け身のままというのは良くない。

私も変わらないといけない。

もっと、積極的に彼に私の想いを、分かりやすく伝えなければいけない。

だから……

「食べさせて、ください」

私はそんな我が儘を口にした。

※

「食べさせて、ください」

愛理沙にそう乞われた時、由弦は少し驚いた。

胸を貸してくれと言ったりと、弱みを見せてきたことは幾度もあったが……

こういう我が儘は初めてのように感じられたからだ。

（まあ……風邪を引いているわけだし、弱っているんだろうな）

勿論、断る理由はない。

由弦は頷くと、小さく切った桃をフォークで刺し、愛理沙の口元に運んだ。

「ほら」

「あん……」

愛理沙は口を小さく開けて、桃を口に含んだ。

愛理沙の艶《つや》やかな唇からゆっくりと、フォークを引き抜く。

もぐもぐと愛理沙はゆっくりと口を動かし、桃を飲み込む。

それから愛理沙は小さく口を開ける。

「もっとください」

「……あぁ」

由弦は少しだけ変な気分になりながらも、愛理沙の口に桃を運ぶ。

これはただの看病だ。

しかしどうしてか、官能的な気分になった。

それと同時に雛鳥《ひなどり》に餌を与えているような、庇護欲《ひごよく》も感じる。

そんな倒錯的な気分に戸惑いながらも、由弦は愛理沙への〝餌やり〟を終えた。

水と一緒に薬を飲ませる。

ついでに氷枕と冷えピタも取り換えた。

「由弦さん……そのぉ……」

「大丈夫。夕方まではいるから」

すぐに帰ったりはしない。

由弦は愛理沙にそう言って安心させようとするが……彼女は首を左右に振った。

「そうじゃ、なくて……」

「どうした？」

「手を握っててください。眠れるまで……」

瞳を潤ませながら、愛理沙はそう頼んできた。

どうやらかなり精神的に参っている様子だった。

由弦は優しく、愛理沙の手を包み込んだ。

その手はとても柔らかく、綺麗で、そして熱かった。

愛理沙は安心した様子で目を閉じた。

しばらくすると、小さな寝息を立てて眠り始めた。

由弦は愛理沙を起こさないように手を離した。

それからそっと……愛理沙の部屋から出た。


「ゆづるさん……ゆづるさん……」

午後の四時半ごろ。

リビングで携帯を使い、風邪の看病の仕方について調べていた由弦は、愛理沙の声を聞いて立ち上がった。

まるで雛鳥が親鳥を呼ぶような、可愛らしく、そして寂しそうな声だった。

由弦はすぐに愛理沙の部屋へと向かう。

「ゆづるさん……」

愛理沙は由弦の顔を見ると、ホッとした表情を浮かべた。

起きた時に由弦がいなかったのが心細かったようだ。

「いや、すまない。伝染《うつ》ると良くないと思って」

勿論、由弦は風邪程度、感染したところでどうということはないのだが。

もし感染したら愛理沙が気に病むだろうと、考えたのだ。

「はい、それは分かっています。……家にいてくれて、良かったです」

そう言って愛理沙は由弦の顔を見上げた。

頬を紅潮させ、目尻を下げ、瞳を潤ませて……何かを乞うような表情を見せた。

愛理沙が何を求めているのか由弦は分からなかったが……

とりあえず彼女の頭を撫でてみた。

すると愛理沙は瞳を閉じ、心地よさそうにされるがままになる。

正解のようだ。

実家の愛犬を思い出し、由弦は思わず苦笑した。

「愛理沙、食欲はあるか？」

「食欲は……」

愛理沙が答えようとした途端。

くぅー、と小さな音がなった。

愛理沙の顔がますます、赤く染まる。

「欲しいです……」

「そうか。一応、レトルトだけどお粥を買ってきてあるから。温めるよ。あと、喉も渇いているよな？　先に飲み物を持ってこようか？」

「はい、お願いします」

愛理沙は小さく頷いた。

まず由弦は冷蔵庫に入れて冷やしておいたポカリスエットを取り出し、愛理沙に渡した。

喉を鳴らしてポカリを飲む愛理沙を確認してから、台所へと向かう。

お粥を皿に移し、レンジで温める。

そしてスプーンと共に愛理沙のところへと持っていった。

「あの……」

「食べさせてほしい？」

「……はい」

由弦は匙を手に取り、息を吹きかけて冷ます。

そしてゆっくりと、愛理沙の口元へと持っていった。

パクッと愛理沙はスプーンを咥える。

体力を消耗していたのか、お腹《なか》が空いていたらしい。

あっという間に食べ終えてしまった。

「桃缶も食べるか？」

「……お願いします」

少し物足りなそうにしていたので、昼食の余りの桃缶も、愛理沙に食べさせてあげた。

それから水と一緒に薬を飲ませ、熱を測る。

熱は三十七度台まで、下がっていた。

「取り敢えず、枕を替えるか」

「……あの、その前にお願いがあるのですが」

「どうした？　俺にできることなら、何でも聞くけど」

由弦がそう言うと、愛理沙は少し緊張した面持ちで、熱のせいか顔を赤らめながら由弦にお願いをした。

「体を拭きたいんです」

「あぁ……それもそうか」

たくさん汗を掻いたのだ。

体も拭きたいし、着替えもしたいだろう。

それにシーツも変えた方が良いかもしれない。

「濡《ぬ》れタオルを用意するよ」

「お願いします」

緊張した様子で愛理沙は頷いた。

少し雰囲気がおかしい愛理沙の様子に疑問を抱きながらも、由弦は濡れタオルを複数用意した。

「じゃあ、愛理沙。俺は出ていくから、体を拭いて、着替えてくれ。その後、シーツを替えるよ」

「……はい、ありがとうございます」

愛理沙は頷いて、タオルを手に取った。

それを確認してから由弦は部屋を出て行こうとするが……

「待って、ください」

愛理沙はか細い声で由弦を呼び止めた。

由弦はどうしたのかと、振り返る。

「どうし……お、おい！　何をしているんだ！」

由弦が振り返ると、愛理沙は寝間着のボタンを一つ一つ開けていた。

僅かに汗で濡れた乳房と、白い清楚な下着が覗いている。

愛理沙は全てのボタンを外し終えると……

背中を向けた。

それから僅かに寝間着を脱ぎ、真っ白い肩を露出させた。

そして少しだけ振り返る。

その顔はトマトのように真っ赤に紅潮していた。

「その、由弦さん……」

妙に艶っぽい声で愛理沙は由弦の名前を呼んだ。

そして恥ずかしさからか、声を震わせながら……しかしはっきりと聞こえる声で言った。

「背中……届かないので、拭いてもらえませんか？」

そう言って寝間着の上を完全に脱いだ。

汗でぐっしょりと濡れ、薔薇色《ばらいろ》に紅潮した白い背中が姿を現す。

ズボンのウエスト部分、つまり腰の部分には、汗で湿り気を帯びたショーツの上部が顔を見せている。

それから愛理沙は手を後ろに回し、下着のホックを外し……器用に前の方へと引き抜きながら言った。

「その……お願いします」

消え入りそうな声で愛理沙はもう一度、由弦に頼んだ。

由弦は思わず、生唾を飲んだ。

「い、いや……愛理沙。それはいくら何でも……」

由弦は下半身に血流が集まりそうになるのを、必死にこらえながらそう言った。

由弦と愛理沙が名実ともに恋人同士なら、そういうことをしても良いだろう。

だが名目上は婚約者でも、実質的にはただの友人だ。

勿論、将来的には名実ともに婚約者になる予定と（由弦の中では）なっているが、今は違う。

さすがに断ろうとしたのだが……

「……汚い、ですか？」

「え？　いや……」

「すみません。……私の汗なんて、汚いですよね」

悲しそうな声で愛理沙はそう言った。

しょんぼりと、落ち込んだ表情を由弦に見せた。

「いや、そんなことはない」

思わず由弦はそう言ってしまった。

すると愛理沙は恥ずかしそうにしながらも、弾んだ声で言った。

「じゃあ……してもらえますか？」

「……良いよ、分かった」

由弦は酔っ払ったような気分で愛理沙の背中に向き直った。

汗で濡れているが……本当に滑らかで、美しい背中だ。

むしろ濡れているせいで、余計に艶《なま》めかしく見える。

熱のせいか、恥ずかしさからか、その白い背中は僅かに、ほんのりと紅潮していた。

由弦は濡れタオルを広げ、ゆっくりと近づける。

心臓が緊張で高鳴り、手が震える。

「ひゃぅ！」

すると愛理沙は艶っぽい声を上げた。

由弦の心臓が大きく跳ねる。

「お、おい！」

「す、すみません……び、びっくりしてしまって……」

びっくりしたのは由弦の方だ。

好きな人が、半裸で、色っぽい声を唐突に上げれば、誰だって驚くし……興奮するだろう。

「いや、一声かけてからやるべきだった。……じゃあ、拭くから」

「はい……んっ……」

再び由弦は濡れタオルで愛理沙の背中を拭き始める。

べっとりとついた汗を拭っていく。

そしてタオルを動かすたびに……愛理沙は小さな嬌声《きょうせい》を上げた。

「あっ……んぁ……ぁン……」

「……擽《くすぐ》ったいのか？」

「は、はぃ……んっ……すみません……」

愛理沙は両手と衣服で前を隠しながら、少し振り返り、由弦に対してそう言いながら頷いた。

白い鎖骨と、綺麗な腋《わき》、そして腋の部分から体の前方に掛けて存在する白い膨らみが目に映った。

全身の血流が速くなる。

愛理沙が再び後ろを向くのと同時に由弦も作業を始めたが……

由弦はどうしても、愛理沙の前が気になって仕方がなかった。

良くないと思いながらも……

（そもそも、こんなに無防備な愛理沙が悪いんじゃないか？）

とそんな言い訳をしながら、少しだけ距離を縮める。

そして身を乗り出し、そっと肩の方から前を覗き込む。

ゴクリ……と由弦は息を呑《の》んだ。

まず、綺麗な鎖骨が目に映る。

そして鎖骨から下は、柔らかそうな曲線を描く。

曲線の中心線には、思わず手でなぞりたくなるような谷間があり、そこに汗が溜《た》まっているのがよく分かった。

寝間着を両手で押さえるように胸を隠しているため、その柔らかそうな脂肪の塊は僅かに潰れるような形になっている。

しかしそれでもはっきりと膨らみが分かるほど、大きい。

そして隠しきれていない上部と横の部分はしっかりと、見えている。

だが……一番肝心の頂点の部分だけは見えない。

愛理沙が少しでも手をずらしてくれれば見えるのに……

と、由弦は非常にもどかしい気持ちに襲われた。

「あ、あの……由弦さん」

「え？　ど、どうした？」

愛理沙に声を掛けられ、由弦は我に返った。

心臓がバクバクと大きな音を立てる。

愛理沙はじっと、潤んだ瞳で由弦を見上げた。

二人の顔の距離は……とても近い。

愛理沙の熱い吐息を感じることができるくらいには。

「そんなにじっと、見つめられると……は、恥ずかしいです……」

「い、いや……す、すまない」

由弦は思わず目を逸らした。

愛理沙の胸を見ようとしていたことは、バレていたようだ。

それから由弦は愛理沙の背中を拭くことだけに集中し……

何とか作業を終わらせた。

そして部屋を出て、愛理沙が前を自分で拭き、そして着替えを終えるまで待つ。

しばらくすると入っても良いという許可が出たので、入室した。

「ご迷惑をお掛けしました」

「い、いや……気にするな。俺も……悪かったな」

「い、いえ……大丈夫です。その、むしろ……」

と言いかけ、愛理沙は言い淀《よど》んだ。

むしろ、何だったのか由弦は気になって仕方がなかったが、聞かなかった。

とはいえ、これで由弦ができる看病は終わりだ。

もう夜も遅いので、由弦は愛理沙に別れの挨拶をすることにした。

「取り敢えず、俺は今日のところは……」

帰る。

と、由弦が言おうとした時だった。

「あの、今日は……泊まっていってもらえませんか？　こ、心細いので……」

「と、泊まるって……」

「い、いえ……その、一緒に寝て欲しいとは言いません。た、ただ……傍にいて欲しいというか……」

ダメ、ですか？

と愛理沙は上目遣いで由弦にそう言った。

勿論、ダメと言えるはずがない。

「……君のお父さんに許可を貰うよ。それで良いと言ってもらえたら……家から寝袋を持ってくる」

「はい、分かりました」

何と説明したら良いのか分からなかった由弦は、天城直樹に対して、愛理沙の容態が悪く、彼女がいて欲しいというので泊まらせて欲しいと願い出た。

直樹は少し困惑した様子ではあったが……「娘を頼む」と言って許可をくれた。

由弦は急いで自分のマンションまで行き、寝袋を持ってきた。

「本当に……ご迷惑をお掛けして、すみません」

「気にするな。風邪の時くらい、好きなだけ甘えてくれ」

ペコリと頭を下げる愛理沙に対し、由弦はそう答える。

すると愛理沙は由弦の言葉通りに甘えることにしたのか……

「その、眠れないので……手を握っていて、貰えませんか？」

「良いよ、分かった」

由弦は昼と同様に愛理沙の手を握ってあげた。

安心した様子で目を瞑《つぶ》る愛理沙の寝顔を、由弦は眺める。

しばらくすると、可愛らしい寝息を立て始めた。

（……それにしても、本当に綺麗だ）

由弦はじっと、愛理沙の顔を……艶やかな唇を見つめる。

ここに自分の唇を押し当てたら、彼女は起きるだろうか？　とそんな邪念に駆られた。

（い、いや……良くないな。信用を裏切るようなことは、するべきじゃない）

由弦は本能を必死に、理性という手綱で抑え込んだ。

そして踵を返し、愛理沙の部屋から出ようとして……

「由弦さん……好きです……」

心臓が大きく跳ねた。

由弦はゆっくりと、後ろを振り向く。

愛理沙は……眠ったままだった。

「……寝言か」

ホッと、由弦はため息をついた。

そして由弦は愛理沙を起こさないようにドアを開け……

そして去り際に呟いた。

「俺も好きだよ、愛理沙。おやすみ」

小さくそう言ってから、ドアを閉めた。

そして……

「由弦さんの……馬鹿……寝られなくなっちゃったじゃないですか……」

愛理沙は枕に顔を埋めて、そう呟いた。

※

翌日。

「熱も引いたし、一安心だね」

由弦がそう言うと、なぜか布団で顔を半分隠しながら愛理沙は言った。

「……はい」

今朝からずっと、この調子でいる。

おそらく……恥ずかしがっているのだろう。証拠に耳が真っ赤に染まっている。

何に恥ずかしがっているのか。

それは何となく、由弦も察することができた。

先日の愛理沙は少し様子がおかしかった。

由弦に対して積極的に甘えてきたのだ。

いや、もしかしたら普段は気を張っているだけであちらの甘えん坊の愛理沙の方が、〝本当の愛理沙〟なのかもしれないが、

「……昨日はご迷惑をおかけしました」

愛理沙は顔を隠しながらそう言った。

そしてチラチラとこちらの様子を窺ってくる。

その仕草はとてもあざとく、可愛らしいが……

しかし由弦の方まで恥ずかしくなってくる。

「俺は気にしていないから、大丈夫だ」

「……それなら良いのですが」

それなら良い。

と、そう言いながらも愛理沙はやはり由弦の様子を窺う。

まだ何かを気にしている様子だ。

「どうした？　……要望ならなんでも聞くけど」

「……由弦さんの馬鹿」

愛理沙はそう言うと布団を被ってしまった。

いくら恥ずかしいとはいえ、罵倒するのは如何《いかが》なものか。

由弦は思わず苦笑するのだった。

さて、さらに翌日の月曜日。

由弦が登校すると、すでに愛理沙が教室にいた。

日曜日の朝にはすでに熱は引いていたが、無事にぶり返すことなく完治したようだ。

一瞬だけ、由弦と愛理沙の目が合う。

すると愛理沙は僅かに微笑《ほほえ》んだ。

それから由弦が席につくと……携帯が鳴った。

見ると、愛理沙からのメールだった。

『先日はありがとうございました』という文章と、そして可愛らしいスタンプが送られてきた。

せっかくなので、由弦も『無理はするなよ？』とメールを送る。

するとすぐに返信があった。

『倒れたら、また助けてくださぃ』

という文面に可愛らしいスタンプが添えられてきたので、おそらくは冗談だと由弦は判断する。

『任せてくれ。その時は保健室まで運ぶ？』

『せっかくなので、家まで』

『お姫様抱っこで良いか？』

『良いですけど、そんな筋力ありますか？』

『君はそんなに重いのか？』

『それは失礼ですよ』

怒った顔のスタンプが返ってきた。

由弦は思わず笑いそうになり、口元を押さえる。

ここでにやけたら、一人で携帯を弄りながらニヤニヤと笑みを浮かべる気持ちの悪い男だろう。

『君のために頑張るよ』

『頑張るって、まるで重いみたいじゃないですかぁ……』

頑張る、という返しも愛理沙としては不満のようだった。

ところで愛理沙の体重だが、決して重いわけではなかったが、羽根のように軽いというわけでもなかった。

明言は避けるが、愛理沙は肉がついていた方が良いとされる部分にはちゃんと肉がついている。

日頃から多少なりとも運動をしているようだから、筋肉がないというわけでもない。

相応の健康的な重さがしっかりとあった。

『重くはなかったよ』

『どうして分かるんですか？』

『一昨日、抱き上げたじゃないか』

由弦がそう返すと、しばらくの沈黙の後に返信が返ってきた。

『あぁ……』

感嘆詞だった。

さて、今の愛理沙はどういう表情をしているのだろうか？

由弦は少し気になったが、さすがに彼女の顔色を窺うと、愛理沙と携帯でやり取りしていることが知られてしまうかもしれない。

それは本意ではないので、堪えるしかない。

とてももどかしいが。

『どうでした？』

ようやく帰ってきたメッセージは、感想を求める疑問文だった。

一体、何がどう、どうだったのかを答えれば良いのか。

由弦は少し頭を悩ませる。

（……まあ、柔らかかったかな）

抱き上げた時に感じたのは、柔らかさだった。

不可抗力的にもいろいろな部分に触れてしまったが、とても女の子らしい柔らかさがあった。

それから……

（可愛かった……）

ギュッと、由弦の衣服を掴み、潤んだ瞳でこちらを見上げてくる愛理沙はとても可愛らしく、愛《いと》おしかった。

風邪を引いて肉体的にも精神的にも弱っている愛理沙が、自分を頼ってくれていることがはっきりと伝わった。

そんな愛理沙に強い庇護欲と、征服欲が入り混じったような欲望を覚えた。

愛理沙は自分が守る。

おこがましいにも程があるが、そんな欲求が湧いたのだ。

とはいえ、それを素直に言うわけにはいかない。

また、文脈を考えると……おそらく愛理沙の体重に関する質問だろう。

『良い感じの重さだと思うよ』

『セクハラです』

すぐにそんな返信があった。

そもそも最初に「そんな筋力ありますか？」と揶揄ってきたのは君で、しつこく体重の話題を続けたのも君じゃないか……

と由弦は若干の理不尽さを感じた。

なので、仕返しと悪戯も兼ねて、こちらからも質問を投げかけることにした。

『君はどうだった？』

感想を相手に求めるからには、そちらも答える義務があるだろう。

と、そんな意地悪な思いを乗せて、由弦はそんな文章を送信した。

案の定、答えに窮しているらしく、既読がついてから、中々返信が来ない。

由弦はもどかしさを感じながらも、愛理沙の回答を待つ。

しかし愛理沙の回答が来ないまま……あと少しでホームルームが始まるという時刻になった。

もしかして怒らせてしまったか？

と、由弦が少しだけ不安を抱いたその時だった。

愛理沙からの答えが返ってきた。

『キュン、としました』

由弦もまた、キュンとしてしまった。

心臓がどくどくと、うるさいほど高鳴る。

どんな表情でこの文章を打ったのかと……確認したい衝動に駆られた。

『またお願いできますか？　……風邪の時』

続いてそんな文章が送られてきた。

何となくだが、前半の文章が愛理沙の本音であり、後半の文章が言い訳やごまかしのように由弦は感じた。

由弦はすぐに打ち返した。
『お安い御用ですよ。お姫様』
『……それ恥ずかしくないですか？』
『指摘されると恥ずかしいからやめてください』

第三章　〝婚約者〟との駆け引き

由弦《ゆづる》と愛理沙《ありさ》が携帯で楽しく会話をした日の放課後。

由弦は亜夜香《あやか》と千春《ちはる》の二人に屋上へと呼び出された。

「何の用だ？　亜夜香ちゃん、千春ちゃん」

おふざけでも思いついたのだろうか？

と、割と失礼なことを考えながら由弦は二人に尋ねた。

「単刀直入に聞いて良い？　ゆづるん」

「別に構わないが……」

「ゆづるん、結局愛理沙ちゃんのこと好きなの？」

亜夜香にそう尋ねられ、由弦はわずかに自分の顔が熱くなるのを感じた。

照れ隠しで頬《ほお》を掻《か》き、目を逸《そ》らしながら返答する。

「まあ……それは見ての通りだが」

客観的に見て、由弦が愛理沙のことをそれなりに好いていることは明白だ。

それくらいは当然、由弦も自覚している。

「じゃあ、愛理沙さんが由弦さんのことが好きなのも分かってます？」

「……まあ、両想《りようおも》いだと思っているよ」

千春の問いに対して由弦は答えた。

先日、寝言ではあるが愛理沙は確かに由弦に対して「好き」と言ってくれたのだ。

両想いなのは間違いない。

「ふーん」

「へぇ……」

由弦の回答を聞いた亜夜香と千春は……

「水臭いじゃん、ゆづるん！」

「私たち、幼馴染《おさななじ》みなんですし、相談してくださいよぉー」

にやにやと笑いながら、亜夜香と千春は小突いてきた。

揶揄《からか》う気満々だ。

だから二人には伏せたかったのだ。

「いつから？　やっぱり誕生日プレゼントは愛理沙ちゃん？　その時から好きだったの？」

「それともプール辺りからですか？　クリスマスは一緒に過ごしたりしたんですか？」

「ええい！　やめろ!!」

由弦は寄ってくる亜夜香と千春を強引に引きはがす。

そしてため息をついた。

「君たちはそうやって……揶揄うだろ？　……だから言いたくなかったんだ」

「その割には隠す気が感じられなかったけど？」

「恥ずかしいならもう少し、人目を気にされては如何《いかが》ですか？」

「はいはい……俺が悪かったよ……」

由弦が不機嫌そうに答えると、二人は苦笑した。

「まあまあ、そんなに拗《す》ねないで」

「宗一郎《そういちろう》さんと良善寺《りょうぜんじ》さんにはもう話したんですか？」

「話したよ……あとは、まあ、君たちに言っておいて凪梨《なぎり》さんに隠すのも悪いから、言っても良いよ。……他に話すのはやめてくれ」

由弦がそういうと、二人は大きく頷《うなず》いた。

「当然だよ。私たち、口は堅いから」

「言って良いことと言っちゃいけないことの区別はついていますから」

口は堅い……が真実かどうかはともかくとして、二人が由弦の信用を裏切ったことがないのは事実だ。

だからここは信じても良いだろう。

「それでさ、どうして告白しないの？」

「踏ん切りが付かないとか、そういう情けない理由ですか？　それとも、もう実質恋人同士だから良いかなみたいな理由ですか？」

由弦は首を左右に振った。

「告白する予定だよ。……然《しか》るべき時に、然るべき方法で。ほら、前、愛理沙は言ってただろ……ロマンティックな展開が良いって」

忘れたとは言わせないぞ。

と、由弦は亜夜香と千春に言った。

何しろ、その愛理沙の気持ちを知ることができたのは、亜夜香が〝王様ゲーム〟で妙な命令をしたからだ。

「なるほど、さすがゆづるん。……どこかの誰かと違うね」

「……」

「……」

どこかの誰かが誰なのか、一瞬で察した由弦はノーコメントを貫いた。

一方、亜夜香の方も変な空気になったことに気付いたのか、誤魔化《ごまか》すように話題を進めた。

「じゃあ私たちが手伝えることはない感じかぁー」

「まあ……そうだね。強いて言えば、愛理沙に対して……俺が告白しない理由が好意がないからだとか、優柔不断だからとか、そういうわけではないことを伝えてくれれば……きっと、焦れているだろうし」

由弦が愛理沙の立場ならば、どうして告白してくれないのか、と不安に思うだろう。

もしかしたらイライラしているかもしれない。

由弦は自分から思いを伝えたいと思っているので、愛理沙の方から思いを伝えられるのは本意ではない。

それに愛理沙に情けない男だと思われるのも嫌だ。

「そうですね。由弦さんはやる時はやる男だと伝えておきます」

千春はそう答えた。

それから、先ほどから何かを考えこんでいた様子の亜夜香が口を開く。

「あのさ、もしゆづるんと愛理沙ちゃんが恋仲になったらさ。学校ではどうするの？」

「うん？　いや……まあ、今まで通りに隠す方針かな。愛理沙は知られたくないらしいし

……」

愛理沙は好きな人もいないし、恋愛には興味がないということになっている。

にもかかわらず、由弦と唐突に恋仲になれば、彼女の〝友人〟から不興を買うだろう。

愛理沙はそれを危惧している。

「でもさ、デートとかしてたらいつかは見つかっちゃうじゃん？」

「恋仲になってしまった後なら、無理に隠す必要もないんじゃないですか？」

「いや……まあ、そうだけど。けどなぁ、今まで俺と愛理沙には何もなかったのに、唐突に恋人になりましたってのは……」

それは愛理沙が意図的に隠していたことを意味する。（事実として意図的に隠していたのだが……）

それは対外的にあまり良くないこと……らしい。愛理沙にとっては。

「じゃあ、唐突じゃなければ良いんじゃない？　ゆづるんがいつ頃告白するつもりなのか……は正直、見当がついているけど、その時までに学校でのゆづるんと愛理沙ちゃんの距離が近づいていれば良いんだよ」

「それは確かにそうだけど……具体的にはどうするんだ？　……今まで俺と愛理沙には付き合いがなかったわけだし、やっぱり急に距離を詰めるのは唐突じゃないか？」

何かしらの自然な切っ掛けが必要だ。

由弦がそう言うと、亜夜香が満面の笑みを浮かべて、その大きな胸を張った。

「そこは任せて！　私には名案があるから」

「名案？　どういう案ですか？」

「それはね……」

「なるほど！　さすが亜夜香さん！」

由弦を放っておいて、勝手に盛り上がる亜夜香と千春。

さすがに当事者である由弦としては、その〝名案〟とやらを聞かないわけにはいかない。

「どういう案だ？」

「それはね……明日分かるよ」

「大船に乗ったつもりでいてください」

年の割に大きな胸を自信満々に張る二人の幼馴染み。

本当に大丈夫かなぁ……と由弦は不安に駆られた。


さて、翌朝。

「おはようございます、由弦さん。これ、どうぞ」

「ああ、愛理沙。おはよう……ありがとう」

今日も愛理沙は由弦のマンションまで、弁当を届けに来てくれた。

由弦は愛理沙にお礼を言って、弁当を受け取る。

いつもならばここで洗った弁当箱を、味の感想と共に愛理沙に渡すのだが……

「無理はしていないか？　今日も休んでくれても……というのは、何か変な表現だけど」

病み上がりということもあり、昨日の分の弁当は遠慮したのだ。

だから今日は愛理沙に返却する弁当箱はない。

一方、愛理沙は目を細めて、微笑《ほほえ》んだ。

「大丈夫ですよ。本当は昨日も作りたかったくらいです。……私、結構楽しんで作ってるんですよ？　由弦さんのお弁当」

「……そうか？　まあ、それならば良いけど」

愛理沙の親切を無理に断ったり、否定したりするのは失礼だ。

そう考えた由弦は素直に引き下がる……前に一言、伝えておくことにして。

「ともかく、君に無理をさせるのは、俺の本意ではないから」

「はい、分かっています。無理のない範囲でやりますよ。……面倒だなと、そういう気分になったら、メールでお伝えしますね」

冗談めかした雰囲気で愛理沙はそう言った。

由弦も思わず笑みを浮かべる。

「……では、私は一足先に学校に向かいます」

愛理沙はそういうと踵《きびす》を返した。少しだけ名残惜《なごりお》しそうに。

そしてそれは由弦も同じ気持ちだ。

「あのさ、愛理沙」

「何ですか？」

愛理沙は立ち止まり、振り返った。

亜麻色の髪がふんわりと、揺れ動く。

「……一緒に登校するのは、難しいかな？」

「朝は夕方とは違って、人目がありますから……」

夕方、放課後はそれぞれ生徒たちは帰る時間帯がバラバラなので、クラスメイトに目撃される可能性は意外に低い。

だが朝の登校時間は（部活の朝練等がある生徒は別として）被りやすいので、どうしても人目に付く。

「そう、か……」

「はい……すみません」

「いや、良いんだ。こちらこそ、変なことを言ってすまないな」

由弦は立ち去る愛理沙の後ろ姿を見ながら……

少しだけ、亜夜香と千春の〝名案〟に期待した。

そしてその日の昼休み。

今日も宗一郎や聖《ひじり》たちと昼食を食べようと、由弦は席を立った。

教室を出て、彼らと合流しようとすると……

「ゆづるん、今日は私たちも交ぜてよ」

教室の前で、亜夜香が由弦にそう言った。

そして亜夜香の背後では千春が教室の中の人に手を振り……そして言った。

「せっかくだし、愛理沙さんも一緒に。どうですか？」

※

千春のその言葉を聞いた時。

なるほどなと、由弦は一人で納得した。

亜夜香や千春、天香《てんか》は愛理沙の友人だ。

ここで言う友人とは、実質は勿論《もちろん》のこと、周囲からの認識も含めてである。

勉強会以降、四人は（クラスが異なることもあり決して頻繁にとは言えないが）共に昼食を食べたり、おしゃべりを楽しんだりしている。

その姿は周囲も目撃している。

だから亜夜香や千春が愛理沙を食事に誘うことは別に珍しいことではない。

そしてまた……亜夜香や千春が由弦を誘うことも、別に珍しくはない。

由弦と亜夜香たちが親しいことも周知の事実だからだ。

由弦と愛理沙の二人には、学校の人間関係上では接点はない。

が、亜夜香たちを仲介すれば、強固な接点があるのだ。

亜夜香を仲介にして親しくなり、惹《ひ》かれ合《あ》った。

自然な筋書きだ。

「……ああ、良いよ」

さて、思考の海から浮上した由弦は亜夜香に対してそう言った。

それから自分の背後へ、愛理沙へと視線を向ける。

「雪城はどうする？」

懐かしい呼び方だなと。

少しだけ懐古に浸りながらも由弦は愛理沙にそう尋ねた。

一方、由弦に呼びかけられた愛理沙は最初は呆気《あっけ》に取られたような表情を浮かべていたが……

すぐに我に返って、微笑んだ。

「私も構いませんよ。高瀬川さん」

その響きは少しだけ、懐かしかった。

さて、昼食の場として選ばれたのは食堂だった。

亜夜香と千春、由弦と愛理沙、そして宗一郎と聖と天香という面々だ。

もっとも……

「……この七人が学校で集まったのは初めてだな」

ポツリと聖がそう溢《こぼ》した。

七人が集まったのは勉強会の時以来であり、そして学校で同時に顔を合わせたのは初めてだった。

「そうね。ようやく、公的な意味でのお友達になれたというところかしら」

とそんな意味深な発言をしたのは天香だった。

そんな天香の言葉を耳聡《みみざと》く、拾い上げたのは聖だった。

「腹黒女め……」

「あら、失礼ね。亜夜香さんや高瀬川《たかせがわ》君《くん》、佐竹《さたけ》君《くん》と、お近づきになりたいなと思うのは……当然のことでしょう?」

堂々とそう言い切った。

それは天香が由弦や亜夜香、宗一郎と接触を図ったのは、家柄が目当てであると公言したに等しかった。

……もっとも、別に三人もそのようなことでショックを受けたりはしない。

天香の意図など、最初から知っていたからだ。

凪梨家としては高瀬川や橘《たちばな》の庇護《ひご》を……受けられずとも、縁を繋《つな》ぎたいと思うのは当然のことだ。

いつか接触を図ってくるだろうなとは考えていたし、そして接触を図ってきた時もやはりなと思っていた。

故に由弦と亜夜香にとって重要なのは、天香がそのことを堂々と公言したということだ。

それはつまり……

「これからもどうぞ、ご贔屓《ひいき》に。皆さん」

悪戯《いたずら》っぽく、天香は微笑んだ。

そして僅かに舌を出す。

悪魔のような女。

そんな評価が由弦の脳裏を過《よぎ》った。

皆さんの家柄が目当てで接触しました、と堂々と白状するくらい皆さんとは仲良くなったつもりです。

これからも、友人として、そしてビジネス上のパートナーとしても仲良くしてください。

と、由弦は天香の言葉を読み取った。

思わず由弦は苦笑する。

相手に悪印象を持たせない、上手《うま》い言い回しだ。

と、ここまでは由弦にとってはそれほど驚くことではなかったのだが……

「是非、機会があったら恩を売らせてくださいね？」

そうウィンクをしながら微笑まれた由弦は、自分の心臓が跳ね上がるのを感じた。

天香の視線は由弦と愛理沙の弁当箱へと注がれている。

そう……二人の弁当箱の内容は全く同じなのだ。

勿論、由弦が愛理沙に弁当を作ってもらっていることはすでにこのメンバーにとっては周知の事実である。

故に先ほどの視線と合わせて、敢《あ》えて由弦と愛理沙の弁当へとわざとらしく視線を向けたことの意図は……

恋の相談に乗ってあげても良いよ、と。

応援しているよ、と。

そう捉えて良いだろう。

(あぁ……聖との連携か)

そしてここで由弦はここまでの会話の流れが、天香と聖の二人が作り出した作為的なものであることに気付いた。

……応援してもらえたことは嬉《うれ》しいが、少しだけ揶揄われたような気分になった。

否《いや》、間違いなく揶揄いの意図が含まれていることだろう。

このまま言われたままでは高瀬川家としても、由弦本人としても引けない。

「あぁ……是非、頼らせてもらうよ。……そして凪梨さんも、俺を頼ってくれて良い。良善寺の盟友である凪梨は、高瀬川の盟友であると同義だからね」

一見すると、まるで他人事で無機質な、家同士の繋がりを強調した言葉だ。

しかし……聖と天香の仲の良さを踏まえれば、一転して二人の関係を揶揄う言葉になる。

そして由弦の意図はしっかりと、聖と天香に伝わったらしい。

二人とも微妙な表情を浮かべた。

「そう言えば、良善寺さんと天香さんはいつ頃、お知り合いになったんですか？」

そして追撃と言わんばかりに愛理沙が二人にそう尋ねた。

愛理沙は決して馬鹿ではない……むしろ賢い少女だ。

由弦や亜夜香、天香のようなある種の〝舌戦〟の訓練は受けてはいないが、揶揄われていることには気付くし、その反撃もできる。

「ん……まあ、中学の頃からだな」

「そうね。……元々家同士の付き合いはあったけど、数年前から結びつきが強くなったから」

家同士ではなく、お前たちの関係の方を聞いているんだ。

と由弦と愛理沙が追撃をしようとした時。

「高瀬川の盟友の良善寺と、上西《うえにし》の盟友の凪梨の接近は良いことだね。高瀬川と上西の関係改善の日も近いんじゃない？」

亜夜香が唐突にそんなことを言った。

そしてニヤッと一瞬だけ、聖と天香の方を見る。

貸し一つ、とでも言いたそうな表情だ。

「……関係改善？」

自然と愛理沙の興味が亜夜香が発した話題に引き寄せられる。

それに対して亜夜香はやや大袈裟《おおげさ》に頷いた。

「高瀬川と上西って、昔から仲悪くてねぇ。まあ、今はそうでもないんだけど……」

先々代の頃は会話もなし。

先代の頃は顔を合わせれば煽《あお》り合《あ》い、皮肉の応酬。

今代は天気の話程度はする。

そして次期当主間では友人同士……という程度には関係は改善していた。

「仲が悪い……って、何があったんですか？」

愛理沙の問いに由弦と千春は顔を合わせ、そして肩を竦《すく》めた。

「大昔に土地利権とか、そういうので揉《も》めたみたいでな……」

「他にも私怨とか、跡目争いとか、そういうのが重なって大きくなっちゃったやつですよね」

それを今でも引《ひ》き摺《ず》っている〝親戚のご老人〟がいる。

もっとも、今を生きる由弦と千春にとってはあまり関係のないことではあるが。

「まあ、仲が良くなっているといっても……俺は千春ちゃんの家には、遊びに行ったことはないけどな」

「そう言えば来てくれたことがないですね。今のご当主ならともかくとして、由弦さんなら、私もお母様もお婆様《ばあさま》も気にしませんけれど。どうして来てくれないんですか？」

「昔のお前のところの当主が俺の家に呪いをかけたと聞いているぞ。だから上西の鳥居は潜るなと……」

「あぁ……舌嚙《か》んだ血で一族郎党末代まで呪うみたいな文章を書いて死んだみたいな話ですね？」

「……えっ」

千春の言葉に愛理沙の顔が青くなった。

愛理沙はこの手のお化け、ホラー系の話題が得意ではないのだ。

「そ、それ、本当ですか……？」

「それは何とも……あ、でも、文章は残ってますよ！　見ます？　写真も撮ってありまして……」

「い、いや、いいです……け、結構です」

ぷるぷると顔を青くさせながら、愛理沙は首を左右に振った。

そして怯《おび》え切《き》った様子で由弦の服の袖を軽く摑《つか》んだ。

「……そこの人、呪われてる張本人だけど、大丈夫？　うつるかもしれないわよ？」

ニヤッと天香が笑いながら言うと、愛理沙はビクッと体を震わせた。

そして不安そうに由弦の顔を見上げる。

「だ、大丈夫……ですよね？」

「まあ、呪いの効果を実感したことはないが……」

呪いとは裏腹に高瀬川家はそこそこ繁栄している。

みんな健康に生まれているし、ビジネスで大失敗して借金まみれ……ということもない。

「あははは、呪いなんて嘘《うそ》ですよ、嘘。そんなのあるわけないじゃないですか。やだなぁー、もう」

ケラケラと大爆笑する千春。

もちろん、由弦も呪いなど信じていない。……とはいえ、全く気にならないかと言われれば嘘になるが。

「あ、そうだ！　せっかくだから、今度、みんなで百物語みたいなことやりません？」

「……百物語って何ですか？」

「百本の蠟燭《ろうそく》を用意して、百人が一人ずつ怪談を披露するごとに蠟燭を一本ずつ消していき、そして最後の蠟燭が消えた時に何かが起こる……みたいな遊びだ」

由弦が愛理沙にそう説明すると、彼女は小さく体をぶるりと震わせた。

「な、何ですか。その恐ろしい儀式は……」

「楽しそうですよね！　実はうちに丁度、〝呪いの間〟みたいな曰《いわ》く付きの場所がありまして。やったら絶対に面白いと思うんですよ！　まあ、百人はさすがに無理なので、七物語ということで……」

「絶対に嫌です!!」

千春の提案に愛理沙は強い語気でそう言い切った。

断固拒否する、という強い意志を感じる。

「別にお化けなんていませんけどねぇ……まあ、とにかく。呪いとか嘘なんで、機会があれば……ああ、そうだ！」

千春はポンと軽く手を打ち、そしてニヤッと由弦を見て笑みを浮かべた。

「うちは安産祈願もやってますので。由弦さんの将来の奥さんと一緒に来てください」

すると由弦ではなく、愛理沙が顔を露骨に真っ赤にさせた。

「な、何を言ってるんですか。あ、安産って……そ、そんな、気が早いというか……」

「あれれ？　どうして愛理沙さんが反応するんですかぁー？」

「っ……！」

見事に釣り針に引っかかった愛理沙は口をパクパクさせ……それから助けを求めるように由弦の方を見た。

由弦は頬を掻きながら、目を逸らした。

※

「明日はマラソン大会ですね」

ある日の帰り道。

愛理沙と共に帰る途中、由弦に対して彼女はそう言った。

そう、明日は男子は十キロ、女子は七キロという長距離を走らされる日だ。

そして由弦にとっては……宗一郎や聖との〝勝負〟の日でもある。

「愛理沙は……あまり好きではない感じか？」

「そうですね……いえ、嫌いではないんですけどね」

由弦が尋ねると愛理沙は苦笑した。

長距離走が得意な人はいるが、長距離走が好きな人というのはあまり聞かない。

由弦も走らなくて良いなら、走りたくない。

愛理沙も思いは同じようだった。

「自発的な運動で走るのと、学校の行事で走らされるのは……やっぱり違いますから」

「そうだね。……せめて、頑張ったご褒美が欲しいよな」

なお、マラソン大会の日は学校が半日で終わる。

なのでご褒美と言えばご褒美だ。

もっとも……十キロ走り切った後に遊びに出かけたいかと言われると、微妙なところだ。

家でゆっくりと、疲れを癒《い》やしたい。

「……ご褒美、ですか」

「どうした？」

愛理沙は何か、考えている様子だった。

その頬は……僅かに赤らんでいるように見える。

「その……明日、マラソン大会が終わったらですけれど」

「由弦さんのお部屋に寄っても……良いでしょうか？」

「うん」

「全然、構わないよ。その日はバイトもないしね」

由弦としては大歓迎だ。

もっとも……さすがに体が疲弊していることは想定できるので、激しいことはできない。

「ゲームでもするって感じ？」

「それじゃあ、ご褒美にならないじゃないですか」

「まあ、それもそうだな」

いつも休日に愛理沙としていることだ。

別に嫌ではないし、むしろ楽しいが……それが十キロ（もしくは七キロ）の長距離走のモチベーションになるかと言えば微妙なところだ。

「じゃあ、何をするの？」

「それは、まあ……その……」

愛理沙は少しの沈黙の後、小さな声で言った。

「マッサージ、とか？」

「……マッサージ？」

由弦が思わず聞き返すと……愛理沙は顔を真っ赤にして、必死に弁明をし始めた。

「あ、いえ……べ、別に変な意味じゃなくて。ほら、前に……体育祭の時に、したじゃないですか。その、気持ち良かったので……」

「あぁ……そう言えば、したね」

少し前のことを由弦も思い出した。

あの時の愛理沙は……とても艶《つや》っぽかった。

と、いろいろと危険なことを思い出した由弦は、強引にその記憶を脳裏から消し去った。

「も、勿論ですけど、由弦さんだけに揉ませたりとかはしないです。私も……まあ、上手かどうかは分からないですけど、肩を叩《たた》くくらいはできますし。……どうですか？」

「……そうだね」

外でマッサージを受けると、一時間で数千円取られたりする。

これはつまり、それくらいの金額をとってもまだ需要があるということで……要するにそれだけ気持ちが良いのだ。

自分で揉むのと他人に揉んでもらうのは、気持ち良さが違う。

それに……

「うん、良いよ。マッサージ、楽しそうだし」

合法的に愛理沙と触れ合える。

と、考えると由弦はそう答えていた。

由弦も健全な男子高校生なので好きな女の子の体にはいろいろと触りたいのだ。

……もちろん、胸を揉んだりは不味《まず》いので自制は必須だが。

「そうですか……良かったです」

一方の愛理沙はどこか安心した様子でいる。

由弦は読心能力者ではないので愛理沙の気持ちは分からないが……

（もしかして、愛理沙も……）

由弦に触れたり、触れられたりしたいという下心があったりするのだろうか？

と、由弦はふと思った。

愛理沙に限ってそんなことは……と思うが、しかし由弦と愛理沙は思いこそ伝え合ってはいないが、両想いだろう。

由弦が愛理沙に対して抱いている欲情に似たモノを、愛理沙も抱いていてもおかしくはない。

（いろいろ、気を付けないとな）

間違いがあってはいけない。

少なくとも由弦は、しっかりしなければ。

由弦は拳をギュッと握りしめて、覚悟を決める。

「あ、そうだ……お風呂、借りても良いですか？　着替えとタオルは持ってくるので」

由弦が妙な覚悟を決めていると、愛理沙が由弦にそう尋ねた。

考えてみると走った後は汗で体は汚れている。

そのあとにお互いの体をマッサージし合うのは……

（……望むところだな）

由弦からすると、全く問題ないどころか、むしろ歓迎したいくらいである。

と、由弦は愛理沙が聞いたら拳でポカポカと殴られそうなことを内心で思った。

とはいえ、愛理沙の方はきっと嫌なのだろう。

「ああ、良いよ。……マッサージの前は、お風呂に入って血行を良くした方が良いだろうしね」

由弦は何食わぬ顔でもっともらしいことを言った。

すると愛理沙も……もっともらしく頷く。

「そうですね。……そうだ、温泉の素《もと》とかってどうですか？　お家にあるので、良かったら持ってきますよ」

「入浴剤は持ってないな。うん、是非ともお願いしたい」

効果のほどは不明だが……別に嫌いではないので、持ってきてもらえるならばその方が良い。

「ではそうします。……楽しみにしていますね」

そう言って愛理沙は微笑んだ。

※

マラソン大会の当日となった。

マラソン大会は学校ではなく、少し離れたところにある陸上競技場から始まる。

そこから川沿いを走り、ぐるりと周囲を一周してから陸上競技場に戻るというコースになっていた。

早朝、由弦は愛理沙や宗一郎、亜夜香たちと共に競技場の外縁部にある芝生にレジャーシートを敷き、駄弁《だべ》っていた。

「まずは女子が走って、次に男子が走るらしいね」

明るい声でそう言ったのは亜夜香だった。

彼女は運動が得意なので、マラソン大会はそれほど苦痛ではないのだろう。

「午前中に終わるらしいですし、今日は実質半日ですね！　終わったら遊びに行きませんか？」

千春も明るい声でそう言った。

彼女もまた運動が決して苦手というわけではないので、それほどマラソン大会を苦痛とは思っていないようだった。

「遊ぶのは勝手だが、俺は嫌だぞ……休ませてくれ」

ため息交じりにそう言ったのは宗一郎である。

彼は亜夜香と千春の二人に挟まれ、遊ぼう遊ぼうとせがまれていた。

一部の男子からは宗一郎へ、怨嗟《えんさ》の籠もった視線が注がれている。

もっとも、テンションの高い亜夜香と千春の二人と遊ぶには相当の体力と気力が必要であることは、幼馴染みである由弦は知っていた。

なのでそれほど羨ましいとは思わない。

むしろご愁傷様と言いたいところだ。

それはそれとして、二股をかけるこいつはやっぱりクズだなと再確認をする。

「七キロは決して短くない距離ですし、体を休めた方が良いんじゃないですか？……午後に授業がないのは、そういう意図だと思いますが」

苦笑しながら愛理沙は言った。

すると宗一郎が「ほら、雪城《ゆきしろ》さんもそう言っているぞ」と亜夜香と千春の二人を咎《とが》める。

「休めると言えば、愛理沙、……体の方は大丈夫か？」

由弦は愛理沙にそう尋ねた。

風邪が完治してから、すでに一週間以上経過している。

なので体調的には決して悪くはないはずだ。

とはいえ、長距離を走るコンディションが整っているかと言えば、それは別の話だろう。

体力は少し落ちているはずだ。

「はい、大丈夫ですよ。……由弦さんのおかげで」

わずかに愛理沙は頬を赤らめて言った。

そんな愛理沙の態度に由弦は彼女を看病した時のことを思い出してしまう。

愛理沙の白い背中は……とても艶やかだった。

「そ、そうか……それは良かった」

少しだけ、由弦と愛理沙の間に気まずい雰囲気が流れる。

ああ、これは何かあったんだろうなと……その他の者たちから生温かい視線が注がれた。

「わ、私よりも……て、……天香さんですよ。大丈夫ですか？」

愛理沙は天香を生贄《いけにえ》にすることで、話題を逸らした。

そしてスケープゴートにされた天香の顔色は……あまり良いとは言えない。

「大丈夫か？　お前」

「……体調的には、まあ、大丈夫よ」

聖の問いに天香は答えた。

それからため息をつく。

「気分的には最悪だけどね……皆さんにお願いがあるのだけれど、良いかしら？」

由弦たちが頷くと、天香は言った。

「お願いだから……応援とか、しないでね。出迎えとか、拍手とかも要らないから」

そう言えばビリの人に拍手をする文化があったなと、由弦は思った。

はて、あれはどういう理由なのだろうかと由弦は思わず首を傾《かし》げる。

由弦は別にビリになったことはないが、目立つのは嫌だろうというのは何となく想像できる。

由弦が想像できるのだから、他の一般人もそれくらいは思い浮かぶだろう。

(……まあ、最後の人を応援しないのは、なんか薄情みたいな印象を受けるからか)

最後尾の人が可哀想《かわいそう》だからと、無言で出迎えるのは少し気まずい。

だから気持ちよく拍手をするのだろう。

出迎えられる側はともかくとして、出迎える側の気分は良くなる。

「拡声器で応援してやろうか？」

「別に良いけど、呪うわよ？」

揶揄うように言う聖を天香は睨《にら》みつけた。

「ところで、由弦。ちゃんと約束は覚えているか？」

「忘れたとは言わせないぞ？」

宗一郎と聖に問われ……はて、と由弦は首を傾げた。

この後、愛理沙と共にマッサージをするという約束は覚えているが……

それを宗一郎と聖に言った覚えはない。

もちろん、宗一郎や聖とマッサージをし合うなどという気持ちの悪い約束もした覚えはなかった。

「あぁ……飯の件か」

が、由弦はすぐに思い出した。

マラソン大会でビリになった者が勝者の二人に食事を奢《おご》るという約束になっているのだ。

「勿論、覚えているよ。楽しみにしている」

由弦も体力には自信がある。

勝負をする以上、負けるつもりはない。

それに勝負に勝って、心地よい気分で、清々《すがすが》しい気持ちで愛理沙と過ごしたいと思っていた。

だから必ず勝つ。

「ほう……」

「言ったな？」

だが宗一郎と聖の二人も当然、負けるつもりはないようだ。

火花を散らす三人……に対して、天香がやや大げさにため息をつく。

「良いわね、楽しそうで……何か、楽になる裏ワザみたいなの、ないかしら？」

天香のそんなぼやきに千春が答える。

「ヒッヒッフー、って私は呼吸してますよ？　何となく、楽になる気がします」

「……それって、出産の時のですよね？　意味あるんですか？」

ラマーズ法が持久走に役立つかどうかは少々、疑問だ。

そんな愛理沙の疑念に千春が肩を竦める。

「さあ？　でも、出産が楽になるなら、持久走くらい余裕じゃないですか？」

「……私、信じるわよ？　千春さん」

適当な千春の言葉を信じようとする天香。

やめておけと、由弦は思ったのだが……千春は自信満々にその大きな胸を反らし、そして親指を突き出した。

「大船に乗ったつもりでいてください。私、巫女《みこ》兼神なんで」

「神様、仏様、千春様だねぇー」

ケラケラと笑いながら言う亜夜香。

少なくとも亜夜香は〝千春神〟の言っていることを信じるつもりはないようだ。

と、そんなことをしていると集合の合図が掛かった、
これからクラスごとに集まり、全体で準備体操を行い……男女に分かれての運動が始まる。

由弦と愛理沙は二人で並んで、クラスメイトのところまで赴く。

……先程まで亜夜香たちと共にいた由弦と愛理沙が、共に歩いてクラスメイトたちのところまで行くのは決して不自然なことではない。

勿論、二人の関係が深まっていることを周囲は察するが……

二人にとってそれは重要な〝準備〟だった。

「……由弦さん」

「どうした？」

「この後のこと、覚えていますよね？」

この後のこと。

つまりマラソン大会が終わった後のことだ。

由弦は大きく頷いた。

「勿論……だから、お互い頑張ろうか」

「……はい」

二人は揃《そろ》って笑った。

※

マラソン大会ではまず女子が走り始めて、それからしばらくして男子が走り始めることになっている。

時間を少しズラすのは、おそらく混みあわないようにするためだろう。

そういうわけで愛理沙たちを見送ってからしばらくして、由弦たちが走る番となった。

合図と共に男子が一斉に走り出した。

由弦も宗一郎たちと並ぶ形で走り出す。

（……最初は差がつかないというか、みんな周りに合わせるんだよな）

最初は全員、団子のようになって足並みを揃えるのが恒例である。

そしてチラチラと集団から抜け始める人が出てくると……安心したように集団から離れていく。

気付くと先頭集団と後方集団の間には大きな差が生じていた。

「……」（さて、どうするか）

由弦の前を走っているのが宗一郎。

後ろを走っているのが聖だ。

宗一郎はこのまま由弦と聖を自分より前に出すつもりはないだろうし、聖は終盤で由弦と宗一郎を追い抜く算段をしていることだろう。

そして勿論、由弦は聖に抜かされるつもりはなく、宗一郎を追い抜くつもりでいる。

今は序盤なのでそれぞれ様子見で一定の距離を保っているが、中盤以降からは心理戦になるはずだ。

（まあ、今はこの距離を維持するか）

由弦は体力を温存することを第一に考える。
由弦たちは比較的、先頭集団近くを走っているということもあり……
すぐに女子の後方集団に追いつき始めた。
そしてその後方集団の中には……天香の姿があった。
まだ序盤にもかかわらず、すでに辛《つら》そうにしていた。
「大丈夫か？」
「……ぜぇ、話し、ぜぇ、かけないで……」
後方からそんな会話が聞こえてきた。どうやら聖が天香に声を掛けたようだ。
もっとも天香の方はそれに答える余裕はない様子だ。
さて、天香を追い抜かし……中盤に差し掛かったころ。
丁度、反対車線側には折り返し地点を過ぎた女子の先頭集団が走っていた。
そしてその中には……亜夜香と千春の姿があった。
二人は性格的に出し惜しみをしたり、様子見をしたりするようなタイプではないので、
最初から先頭を突っ走ってきたのだろう。
もっともさすがの二人も、それなりに辛いらしい。
軽く目を合わせるだけで過ぎ去っていく。
そしてそれからしばらくすると……

〝女子〟の折り返し地点を曲がろうとする、女子の中間集団を前方に見かけた。

（あっ……）

そしてその中には「雪城」という苗字《みょうじ》の書かれたゼッケンがあった。

後ろで纏《まと》められた美しい亜麻色の髪が揺れている。

目印として置かれた三角コーンをぐるりと回り……愛理沙は由弦たちの方向を向いた。

白い肌は紅潮しており、肌には汗が浮かんでいる。

少し辛そうな表情をしていた。

……そして僅かにその大きな胸が揺れていた。

短いパンツからは健康的な白い足が覗《のぞ》いている。

体操服は少し汗が滲《にじ》んでいて、僅かにキャミソールが透けて見えている。

そんな、ちょっとだけセクシーになっている愛理沙へと由弦が熱い視線を送っていると

……

さすがの愛理沙も由弦に気が付いた。

そして彼女は何を勘違いしたのか、微笑みを由弦の方へと向けてくれた。

（可愛《かわい》い……）

体に力が漲《みなぎ》ってきた……気がした。

が、同時に少しだけもやもやとした気持ちになる。

（他の男には見せたくないな……）

この妖精のように可愛らしく、そして艶っぽい〝婚約者〟は自分だけのもので、他の男には見せたくない。

そんな独占欲が湧き上がってくる。

（いや、でも……自慢したい気持ちも……）

それと同時に〝婚約者〟を自慢したい気持ちもある。

俺の〝婚約者〟は可愛いだろう、どうだ、羨ましいだろう？　と。

（あ、不味い）

そこまで考えてから、由弦は慌てて自分の口元を手で覆った。

気付かないうちに表情筋が緩み、ニヤけていた。

ニヤニヤしながら走る男……控えめに言ってかなり気持ちが悪いだろう。

表情を引き締め……そして〝男子〟の折り返し地点に到着した。

女子も男子もスタート地点が同じならば、折り返し地点が異なるのは当然のことだろう。

由弦は三角コーンを回り……

そして気付く。自分の横を聖が走っていることを。

追い上げてきたのだ。

由弦は聖に抜かされないように速度を上げ、そしてついでに宗一郎を抜こうとする。

これに対抗するように宗一郎と聖は速度を上げた。

「……」

「……っ」

「……はぁ」

三人、横並びになってのイタチごっこが始まる。

ようやく、由弦は気が付いた。

(……これ、失敗したな)

三人で競争なんかしたら、余計に辛くなるだけだと。

適当に気楽に走った方が楽だった。

とはいえ、今は食事が掛かっている。

しかも由弦の場合、愛理沙に然るべきプレゼントをしなければならない。

宗一郎や聖に食事を奢るような金はないのだ。

由弦は一心不乱に愛理沙のことを考えながら、とにかく走る。

とはいえ、気力だけでどうにかなるなら、この世に体力の概念はない。

宗一郎、由弦、聖の三人は皆そこそこ運動が得意だが……

この中では宗一郎が頭一つ、抜けている。

必然的に宗一郎が僅かにリードする形になり、その後ろに由弦と聖が続いた。

（ま、不味い……不味いな）

由弦の僅か後ろを、聖がピッタリとついて来ている。

どうやら彼は直前になって、一気に追い上げる戦法に出たようだ。

じりじりと宗一郎や由弦に圧力を掛けている。

時折速度を速めるふりをするのが嫌らしい。

と、そうこうしているうちにゴールが見えてきた。

ゴール付近ではすでに先に到着した生徒たちが遠巻きに見守っている。

その中には幼馴染みである亜夜香と千春の姿も見えた。

すでにゴールし終えてお気楽な立場になった二人はキャッキャと声を上げ、手をこちらに振っている。

……不思議と宗一郎の速度が増した。現金な男である。

愛《いと》しの想い人は自分を応援してくれていないのだろうか？　そう思いながら由弦は愛理沙を捜す。

彼女は亜夜香と千春の、すぐ隣にいた。

胸に手を当てて、こちらを見ている。

僅かに愛理沙の可憐《かれん》な唇が動いた。

がんばってください。

そう聞こえた。

厳密にはそんな風に愛理沙が応援してくれた……気がした。

(そうだ。俺は愛理沙のために頑張らないといけないんだ)

由弦は最後の気合いを振り絞った。

聖も最後の追い上げをしてきたが……気にしない。

野郎のことなんぞどうでも良い。

由弦の頭には愛理沙しかいなかった。

そして……


「俺は久しぶりに包み焼きハンバーグが食いたい」

「俺は何でも良い。奢りなら、な」

宗一郎と由弦がどのファミレスに行くかを話している横で……

「……くそ、お前ら、女の声援で、張り切りやがって……卑怯《ひきょう》な……」

聖が怨嗟の声を漏らした。

なお、天香は最後に盛大な拍手と共にゴールインした。

可哀想なので、彼女についてはみんなで触れないようにすることにした。

※

「じゃあ、お邪魔します」

「はい、どうぞ」

マラソン大会終了後、由弦は愛理沙と共に帰宅した。

なお、昼食に関しては既に弁当を食べ終えている。

「疲れましたね」

愛理沙はカーペットに腰を下ろすと、そう呟《つぶや》いた。

長い足を伸ばし、ぐったりとしている。

と言ってもあくまで疲れている〝ポーズ〟であって、疲労困憊《ひろうこんぱい》しているわけではなさそうだが。

「あぁ……そうだね。勝負なんてするもんじゃない」

「最後、接戦でしたね」

「ああ。君の応援がなければ負けていたかもね」

由弦がそう言うと愛理沙は大きく目を見開いた。

そして尋ねる。

「……聞こえていたんですか？」

「どちらかと言えば、してくれているような気がした」

愛理沙の声が直接、聞こえたわけではない。

しかし愛理沙が由弦を応援してくれていることは直感的に分かった。

愛理沙は由弦の返答を聞き、恥ずかしそうに頰を掻いた。

「そ、そう……ですか。その、本当は亜夜香さんたちみたいに大きな声で、その、声援をしようかと思ったんですけど、ちょっと、恥ずかしくて……」

「気持ちは伝わったから、大丈夫だよ」

そもそも愛理沙が由弦に大きな声で声援を送れば、クラスメイトも由弦と愛理沙が恋人……に近い関係であることに気付くだろう。

それは少し早い。

「さて……とりあえず、シャワーを浴びて、風呂に入らないか？」

由弦がそう言うと、愛理沙は小さく頷いてから……軽く自分の体操服を引っ張り、不愉快そうに眉を顰《ひそ》めた。

すでに時間が経《た》っているのである程度は乾いているはずだが……しかし湿っているのだろう。

「そうですね。……どちらが先に入ります？」

「君からでいいよ」

女の子である愛理沙の方が汗を流したいという気持ちは強いだろうし、男である自分の残り湯は少し嫌だろう……という配慮だ。

「では一番風呂をいただきます」

愛理沙は小さく頷いてから脱衣室へと消えた。

が、しばらくして脱衣室からちょこっと顔を出した。

「……どうした？」

「覗いちゃダメですからね？」

愛理沙はそう言って悪戯っぽく微笑んだ。

「覗かないよ」

由弦が即答すると、愛理沙は気が済んだのか、すぐに顔を引っ込めた。

すぐにシャワーの音が聞こえてくる。

「……落ち着かないな」

愛理沙が由弦の部屋の浴室を使うのはこれで二回目。

だが妙に落ち着かない。と、そこで由弦は気が付いた。

愛理沙は着替えもタオルも準備せず、浴室へと消えてしまったことに。

このままでは着替えることはおろか、濡《ぬ》れた体を拭くこともできないだろう。

仕方がないので、由弦は愛理沙の鞄《かばん》を持って浴室に向かう。

浴室の扉は曇りガラスになっているので中は見えない……が肌色は僅かに見える。

由弦は思わず息を呑《の》んだ。

（……べ、別にやましいことをしようってわけじゃない）

由弦は心を落ち着かせながら、扉をノックした。

「おーい、愛理沙」

「ふぇ？　ゆ、由弦さん!?　い、いや、さっきのは冗談で、その、本気で覗きにくるなんて……こ、心の準備が……」

「何を言っているんだ、君は……」

曇りガラスの向こう側でキャーキャーと悲鳴を上げる愛理沙に対し、由弦は落ち着いた声で言った。

すると愛理沙も冷静になったらしい。

わざとらしい咳払《せきばら》いが聞こえてきた。

「ごほん、えっと……何でしょうか？　覗きに入るつもりなら、水を掛けますけど」

やや冷たい声で愛理沙はそう言った。

一見すると冷静沈着であり、そして同時に由弦を警戒するような声音。

……だが何かを誤魔化しているように感じるのは、由弦だけだろうか？

「着替えとタオル、忘れただろ？」

由弦がそう言うと、浴室の方から納得の声が聞こえてきた。

「あー、そう、ですね。持ってきてもらえます？」

「鞄は持ってきた。この中に入ってるんだよな？　どうする？　出した方が良いか？」

愛理沙がどこまで着替えを持ってきたのかは分からない。

だがもし替えの下着などを持ってきていたら……それを男に見られるのは恥ずかしいだろう。

念のため由弦は愛理沙にそう尋ねることにした。

「いえ、そのまま置いておいてくれて大丈夫です」

愛理沙はそう答えてから付け加えるように言った。

「……下着とかも入っているので、開けて見ないでくださいね」

なぜ、わざわざそんなことを付け加えるのか。

由弦は愛理沙の気持ちがイマイチ分からなかった。

そういうことを言われると逆に気になるということが分からないのだろうか？

それとも……

「開けて見て欲しいというフリ？」

試しに冗談半分でそう言ってみる。すると……

「な、な、何を言っているんですか！　そ、そんなわけないに決まっているでしょう！　ま、全く、由弦さんは……」

どこか動揺したような、慌てたような声が返ってきた。

このような反応をされると、本当にそうではないかと思ってしまう。

「冗談だよ、冗談」

「く、くだらない冗談を言わないでください！」

怒られてしまった。

由弦は肩を竦めてから、脱衣室を出ようとして……ふと、気付く。

愛理沙の抜け殻が落ちていることに。

慌てていたのか、それとも見えないところでは案外ズボラなのか。

やや乱雑に脱ぎ散らかされている。

上下のジャージと、汗で湿った体操服。

ショーツとブラジャー、キャミソールのセットが落ちていた。

「……落ち着こう。落ち着け、俺」

好きな女の子の抜け殻だ。

興味がないと言えば嘘になるし、邪な気持ちが湧かないのかと言われるとそんなはずがない。

「た、畳んだ方が……」

思わず由弦は愛理沙の抜け殻に手を伸ばし掛け……寸前のところで止めた。

着替えを触られるのは、きっと嫌な気持ちになるだろう。

もしかしたら嫌がられないかもしれないが、しかし無用なリスクを負い、愛理沙の好感度を下げるのは良くない。

「……いや、でも、バレなければ」

と、そんな悪魔の囁《ささや》きが聞こえた。が、由弦はそれを何とか振り払った。

「き、気が付かなかったことにしよう」

由弦は後ろ髪を引かれつつも、脱衣室から出た。

※

「あぁ……」

愛理沙は少女らしからぬ声を上げながら、湯舟に浸《つ》かった。

手足をグッと伸ばす。

疲労回復効果がある入浴剤……の効果のおかげかどうかは分からないが、疲れが体から抜け落ちていくような快感を覚えた。

そしてぼんやりと浴室の壁を眺めながら、呟く。

「全く、由弦さんは変な冗談を……」

愛理沙は由弦に言われた冗談を思い出し、一人憤慨していた。

冗談を言う……ということは、それくらい余裕があるということだ。

女の子がガラス一枚隔てて――曇りガラスで見えないとはいえ――シャワーを浴びているのに。僅かに肌色のシルエットが見えているはずなのに。

鞄の中にはその女の子の服が入っているというのに。

にもかかわらず、冗談を言う余裕があるということだ。

(そもそも、お風呂を覗かないでと言う私に対して、あんな淡泊に、覗かないと即答するのは、ちょっと失礼じゃないですか……?)

愛理沙としては、由弦にある種の悪戯をしているつもりだったのだ。

「覗かないでくださいよ？」と言う自分に対して、由弦が慌てて「の、覗くわけないだろ！」と動揺した調子で返す……というのを想定していたのだ。

しかし由弦に「覗かないよ」と即答されてしまった。

「ふ、フリって何ですか、フリって……まるで人が下着を見られたり、シャワーを覗かれたりしたいみたいな……変態か何かのように言うなんて、失礼です。むぅ……」

別に愛理沙とて、由弦に下着を見られたり、お風呂を覗かれたりしたいわけではない。

とても恥ずかしいからだ。

ただ……動揺する由弦が見たかっただけなのだ。

ちょっと揶揄うつもりだったのに、全く相手にされず、挙げ句に逆に揶揄い返されてしまった。

それが何となく気に食わない愛理沙は、ブツブツと呟きながら一人むくれていた。

「魅力、あると思ってるんですけど……」

愛理沙は自分の肢体が男性にとって魅力的なものであるということを自覚している。

そして由弦が自分に対して魅力を感じてくれている……はずだと思っている。

故に〝マッサージ〟を互いにして、体と体が触れ合えばきっと由弦は愛理沙を強く求めてくるはず……というのが愛理沙の作戦だった。

少なくとも、もっと意識してくれるようになるはずだと。

……勿論、〝間違い〟を期待しているわけではない。

というよりも、おそらく由弦は愛理沙を襲うような真似《まね》はしないだろう……と少なくとも愛理沙は思っていた。

今にして思うと、何度も無防備なところはあったわけだが、由弦は愛理沙に襲い掛かるような真似はしてはこなかったのだ。

だから今回もしてくることはないだろう……と信じている。

「まあ……別に、私の方は……構わないことも、なくはない、ですけれど……」

中々告白してくれない由弦を急《せ》かす、と言えば聞こえは良いが、結局のところやっていることは誘惑と同じだ。

ならばあんなことやそんなことをされても仕方がない。

勿論、されたいわけではないし、断じて期待しているわけでもない。

強引に迫ってくれることを期待するような変態みたいな性癖は全く、全然、これっぽっちも、欠片《かけら》も存在しない。

ただ彼ならば……好きな人に迫られたら、仕方がないと思っているだけだ。

「私は、ただ、早く想いを伝えて欲しいなと、今の宙ぶらりんな立場を、確定したいだけです。べ、別に……由弦さんが狼《おおかみ》になることを、期待しているわけじゃないですし、誘っているわけでもないです。た、ただ……その時は仕方がないなと、どうしようもない由弦さんを許してあげようという寛大な気持ちを持っているだけです。だから……」

あくまでそういうことに対する心構えをしているだけであって、そういうことを期待しているわけではないのだ。

決して愛理沙がムッツリとか、そういうわけではない。

「だ、大体、キスだってまだなんですから……」

愛理沙は顔を真っ赤にさせて、お風呂の中に沈み込んだ。

想像するだけで体が熱くなり、どうしようもなく恥ずかしくなる。

胸が切なくなり、背筋がぞわぞわと浮くような心地になり、下腹部がキュンとなる。

「や、やっぱり無理です……は、恥ずかしぃ……」

誰に聞かれているわけでもないのに、愛理沙はそんなことを呟いた。

そして立ち上がった。

「……もう上がろう」

すっかり逆上《のぼ》せてしまった愛理沙は浴室から出た。そして脱衣室で脱ぎ散らかされた自分の衣服を見て、顔を赤らめた。

「……ちょっと失敗しちゃったな」

由弦の汚部屋などにいろいろと口煩《くちうるさ》く言ったことがある愛理沙ではあるが、実際のところ愛理沙自身は決して几帳面《きちょうめん》と言えるような人間ではないと思っている。

むしろズボラな部分が多少あると思っているくらいだ。

だからこそ、普段から気を付けているのだが……

これから〝マッサージ〟をするということに気を取られすぎて、脱いだ服に意識が回らなかった。

それに脱衣室に由弦が入ってくることはないだろうという油断もあった。

「や、やっぱり……見られちゃいましたよね……」

さすがに目には映るだろう。

由弦は愛理沙の脱ぎ散らかした服を見て、どう思っただろうか？

はしたない女だと、思われていないだろうか……と不安に襲われる。

「で、でも由弦さんも人のこと言えるような人じゃないし……」

そのくらいのことで嫌われたりはしないだろう。

と、そんな結論に着地したが、すぐに別の不安が頭をもたげてくる。

「ま、まさか、由弦さん……私の服に、へ、変なことはしてませんよね？」

少しだけ位置が変わっていたような……そんな気がしなくもない。

いや、多分気のせいだろうけれど、可能性がないわけではない。

そんなことを考えながら愛理沙はほんのりと汗で湿った衣服を畳み、それから服を着て脱衣室を出た。

「……お風呂、上がりました、由弦さん」

着替えを終えた愛理沙は、ソファーで携帯を弄《いじ》っている由弦に声を掛けた。

すると由弦はこちらを見て……僅かに目を逸らした。

「随分と涼しそうだが……」

「マッサージをするなら、この方が都合が良いかなと。……冬服は別で持ってきました」

愛理沙はそう言って自分の胸に手を当てた。

愛理沙が着ているのは、着替えとして持ってきた薄い半袖のシャツとショートパンツだった。

マッサージをするならば、生地が薄く、皺《しわ》になっても良いような服が良いはずだ。

「……そうか」

愛理沙は由弦の視線が……自分の胸部へと向かったのを感じた。

胸部だけでなく、丈が少し短めのショートパンツから伸びる足にも、由弦の視線は注がれている。

……別に狙ったわけではない。

以前、体育祭の時、由弦が体操服を着ている自分の特定部位に対して、時折熱い視線を向けてきたことを覚えていたわけではない。

敢えて体のラインが浮き出て見えるようなシャツや、できうる限り足が外に出るようなパンツを穿《は》いたわけではない。

自分の胸部が男性にとっては非常に魅力的に見えることも、自分の足がいわゆる〝美脚〟に分類されることも自覚はしているが、それを強調するような服を選んだという事実はない。

本当にただの偶然だ。

由弦にそんな視線を向けられても恥ずかしいだけで、別に嬉しいとか……そんな感情は全然ないのだ。

「……じゃあ、俺も着替えは薄いシャツでも着ようかな」

由弦はそんなことを呟いた。

そう、由弦が認めた通り、マッサージをする上で薄い生地の衣服を着るのは極めて合理的な判断なのだ。

だからそんな姿の愛理沙に由弦が欲情しているのは、それは高瀬川由弦という人が本当に困った人だからで、変態だからで……

別に愛理沙がおかしいわけではない。

愛理沙は至って正常であり、全然おかしくないし、由弦と似た者同士の変態などという事実はない。

と、愛理沙は自分に言い聞かせた。

「と、ところで……由弦さん」

「どうした？」

「あの、先ほどはご迷惑をお掛けして……すみません」

先ほどというのは、着替えなどが入った鞄を取ってきてもらったことである。

「あっ……あぁ、気にしなくていいよ」

「その……鞄の中は見てないですよね？」

「見てないよ」

「そうですか」

見てないよ、とそう即答されるのは愛理沙としては少し複雑だ。

もちろん、「見たよ」と言われるのは、それはそれで困るのだが。

「ところで、その……鞄はともかく、その、あれは見ちゃいましたよ……ね？」

「……あれ？」

「あ、あれはあれというか……ほら、その、脱いだ服というか……お見苦しい物をお見せしてしまったなと……」

「あぁ……いや、まあ、誰にでもそういうことはある」

愛理沙の言葉に由弦は僅かに斜め上に視線を向け、頭を掻きながら答えた。

ほんの僅かな仕草だったが、愛理沙のセンサーはその微弱な反応を感じ取った。

愛理沙に何を言われても動じなかった由弦が、僅かに動揺を見せたのだ。

「……何もしてないですよね？」

「まさか。指一本たりとも触れてはいない」

妙に強い語気でそう断言されてしまった。

本当か嘘かは分からない。もし仮に何かしていたとしても、馬鹿正直に「あれこれしました」などと言うはずがないからだ。

「……本当ですか？」

「本当、本当」

「……」

何もしていないと言われて、少し安堵《あんど》する気持ち。

本当に何もしていないのかと、疑う気持ち。

そして……

「な、何もしないというのは、そ、それはそれで、ちょっと失礼じゃないですか……？」

「……何かした方が良かったのか？」

愛理沙は思わず口を塞いだ。

「えっ⁉　あっ、いや……じょ、冗談ですよ、冗談‼　な、何かするって……そ、そんなの、だ、ダメに決まっているじゃないですか！　し、していたら、本当に怒っていたところです！」

「そ、そうか……」

何となく、二人の間に気まずい時間が流れた。

それから話題を切り替えるかのように、この場から逃げるかのように、由弦は脱衣室へと向かった。

「じゃあ、入ってくるよ」

「はい、行ってらっしゃい」

脱衣室の扉が閉まる。

愛理沙は少しドキドキしながら、先ほどまで由弦が腰を下ろしていたソファーに座り込んだ。

しかしどうにも気になって落ち着かない。

「や、やっぱり、な、何かしましたよね？　し、してないはずが……ないですよね？　そ、そうですよね。由弦さんも健全な男の子で……ええ、何もしていないはずがないです。全く、由弦さんは悪い人です。本当に……」

そんなことを呟きながら愛理沙はふらふらと脱衣室へと向かう。

「……わ、私ばっかり、見られるのは、ふ、不公平ですよね」

自分に言い聞かせるようにそう言うと……そっと、扉を開ける。

由弦はシャワーを浴びているらしく、浴室からは水音が聞こえる。

少なくともこちらに気付く様子はない。

「……」

脱衣室には脱ぎ散らかされた、由弦の体操服があった。

パンツも落ちている。

「……別に私は悪くないです。こんなところに、放っておく由弦さんが悪いんです」

そもそも、愛理沙の脱ぎ散らかした体操服を先に見たのは由弦の方だ。

……それは愛理沙が脱ぎ散らかしたから悪いのだが、愛理沙の中では由弦が絶対的な悪となっていた。

そう、先に悪いことをしたのは由弦だ。

なら、自分には由弦に仕返しをする権利があって然るべきだ。

愛理沙は一人で誰かに言い訳をするように理論武装を始める。

「由弦さんって……変態さんですよね。たまに私の匂い、嗅ごうとしてますよね。本当に……多分、匂いフェチですよね。あんな人が婚約者だなんて、あり得ないです。本当に……何が好きなんだか、分からないです。……でも、そんな変態さんでも、私の婚約者ですし」

理解してあげないといけない。

そう、これは由弦と同じことをして、由弦の気持ちを理解するための行動なのだ。

そんな言い訳をしながら愛理沙は指先で、まるで汚いものを扱うかのように――そう、これは愛理沙にとっては汚いものであり、別に好きでやっているわけではない。仕方がなく、仕方がなく触っているのだ――由弦の体操服を摘《つま》み上げる。

それはしっとりと、汗で濡れていた。

「……」

愛理沙は息を呑んだ。

もしかして、今、自分はとんでもないことをしているのではないか。

人として、女の子として、踏み込んではいけない領域を超えようとしているのではないか。

そんな懸念が脳裏を過ったが……

そんなことはすべて無視して、愛理沙は由弦の体操服を鼻先に付けた。

そして大きく息を吸い込んだ。

「はぁ……私、何をしてるんだろう……」

その後。

愛理沙はソファーにぐったりと座り込みながら、自己嫌悪に陥った。

※

「待ったか？　愛理沙」

「い、いえ……大丈夫です」

ソファーに腰を下ろしていた愛理沙は、風呂から上がった由弦をそう言って出迎えた。

何故《なぜ》か、彼女はそわそわとしていて、由弦と目を合わせようとしない。

風呂に入ったばかりだからか、それともそれ以外の理由か……愛理沙の肌は薔薇色《ばらいろ》に紅潮しているように見えた。

「……どうかしましたか？」

「い、いや、何でもない」

愛理沙の問いに対し、由弦は少し言い淀《よど》みながら答えた。

というのも由弦の目には、愛理沙の姿は大変、艶っぽく見えたからだ。

肌色の面積が非常に多い。

勿論、ビキニ姿をしているというわけではなく、単なる半袖の白いシャツとショートパンツなので健全な〝部屋着〟ではあるのだが……

ここ最近は肌や体のラインが隠れやすい冬服を着ていたこともあり、相対的に刺激が強く感じられたのだ。

体操服と同じ程度の露出度と言えばその通りではあるが、マラソン大会の時は走る時以外、彼女は上下にジャージを着込んでいた。

走っている時は愛理沙の胸が若干、揺れているところは観測したが、しかしその肢体をじっくりと見たというわけではない。

それに今、愛理沙が着ている衣服は……体操服よりも薄い。

運動用の衣服である体操服はしっかりした生地になっているのだが、愛理沙が着ている上下の衣服はおそらく部屋着や就寝用の、非常に〝ラフ〟なものだ。

そのため生地も薄く、愛理沙の体の凹凸がくっきりと浮き出ていた。

それだけでなく、下に着ている白いキャミソールも透けて見えている。

穿いているショートパンツは黒色なので下着は透けていないが、しかしその分愛理沙の白い肌が眩《まぶ》しく感じられた。

何より、普段のとてもお洒落《しゃれ》な服装とは異なる、ラフで生活感がある……有り体に言えば〝無防備〟な姿は由弦の情欲を駆り立てた。

(……狙ってやっている、のか？)

マッサージしましょう！

などと言って男の部屋に上がり込んで、こんな格好をしているのだから、普通に考えれば狙ってやっているとしか思えないし、誘われているような気もする。

だが同時に愛理沙は若干、天然なところもあるので、本気で素《す》の可能性も否定できない。

「あの、由弦さん？　そんなに見られると……」

「あ、ああ……すまない」

どうやら、愛理沙をジロジロと見てしまっていたようだ。

恥ずかしそうにもじもじとする愛理沙。由弦は軽く謝罪をして、目を逸らす。

(誘っているにしては、この恥ずかしがり方は違う気がするな……)

今のは男を誘惑するような恥ずかしがり方、というよりは男に罪悪感を覚えさせてしまうような、そんな可哀想な感じの恥ずかしがり方だった。

イメージは触れたら壊れてしまいそうなガラス細工だ。

非常に可愛らしいのは間違いないのだが、実際に襲うのは躊躇《ちゅうちょ》してしまうような感じである。

（……格好は狙ってやったけど、いざ俺を目の前にしたら急に恥ずかしくなって、後悔しちゃった感じなのだろうか？）

何となく、これが正解な気がした。

頭は良いが、ちょっと抜けているところがある愛理沙らしい真相である。

まあもっとも、愛理沙がアホな処女だとすれば由弦もアホな童貞なので、本当のところは分からないのだが。

「マッサージ、どうしようか？」

若干、空気が気まずくなったので由弦は誤魔化すようにそう言った。

すると愛理沙は握りこぶしを前に出してきた。

「じゃんけん、しましょう。勝った方が先にしてもらえるということで」

「そうだね」

ジャンケンの結果、勝ったのは愛理沙だった。

「では、失礼します……」

そう言って愛理沙は由弦のベッドの上に、うつ伏せになって寝ころんだ。

由弦の目の前には、薄いシャツ越しに愛理沙の華奢《きやしや》な背中が映っている。

（……冷静に考えると、よく分からない状況だな）

もっとも、由弦と愛理沙の関係がよく分からない状況なのは今更な話だ。

客観的に見れば恋人同士だろう。

そして婚約者同士ということになっている。

そしておそらく両想いだ。

しかし想いは伝え合っていない。

「じゃあ、揉むぞ」

由弦はそう言ってから、愛理沙の肩に触れた。

僅かに触れただけだが、かなり凝っていることが分かる。

やはり胸部に錘《おもり》を付けて長時間走れば、それなりに肩の筋肉が張るのだろう。

「あんっ……」

親指で少し強めに指圧すると、愛理沙が小さな呻《うめ》き声《ごえ》を上げた。

痛がっている、というよりは反射的に声が漏れただけのようだ。

「これくらいの力加減で良いか？」

「んっ……もっと、強くお願いします……」

そう言われたので、由弦は体重を掛けながら愛理沙の肩や背中を揉んでいくことにした。

かなり強めに圧力を掛けているが、硬直した筋肉にはちょうど良いらしい。

「んあっ……ン!!」

「……」

相変わらず、狙っているのか、素なのか。

揉むたびに艶っぽい声を上げる愛理沙。

(どうでも良いことだが……愛理沙の胸、今どうなってるんだろう……潰れていると思うけど。痛くないのか？)

そんなどうでも良いことを考えるほど、由弦の理性は若干、溶けかかっていた。

とはいえ、ここはグッと堪える。

今、ここで理性の砦《とりで》が陥落したら、諸々《もろもろ》の計画が台無しになるからだ。

「どうかな？　愛理沙」

「はぃ……気持ちいいです……」

とろん、と蕩《とろ》けた声で愛理沙はそう答えた。

本当に気持ちよさそうだ。

……おそらく、声は素なのだろう。

(打算的にやっている部分と、天然の部分を交ぜないで欲しいんだがなぁ……)

もっとも、そんな部分も愛らしく感じてしまうのは惚《ほ》れた弱みだろう。

そんな風に脳内で惚気《のろけ》ながら、由弦は愛理沙の右腕を取った。

ぐっと、愛理沙の腕を伸ばしながら掌《てのひら》で背中の右側を押すようにマッサージする。

「あぁ……それ、好きです……」

一瞬、由弦の心臓がドキッと跳ねる。

「……気に入ってもらえて良かったよ」

気軽に好きとか言わないでくれ。

と、そう思いながら反対側の腕を取り、反対側の背中もマッサージする。

「ここも結構、凝っているね」

「んっ……そうですか？」

少しずつ、由弦がマッサージする箇所は下へと下がっていく。

由弦は愛理沙の腰を指圧しながら……少しだけ視線を下げた。

そこには年齢の割には大きな……愛理沙の臀部《でんぶ》があった。

薄いショートパンツを穿いているためか、くっきりと形が浮かび上がっている。

目を凝らすとショーツまで透けて見えるような、見えないような。

（……お尻って、案外、良い物なんだな）

もしかしたら、胸よりも尻の方が好きかもしれない。

由弦はそんなことを思いながらも……さすがに尻に触れるのは一線を越えてしまう気がしたので、やめておいた。

よって、次は足だ。

「足に行くぞ」

由弦は愛理沙の白く長い美脚に視線を向けながら言った。

透き通るように白く、そして柔らかそうだった。

「はい……あっ！」

愛理沙の太腿《ふともも》の付け根に触れた途端。

びくり、と愛理沙の体が震えた。

「……痛かった？」

「いえ、少し擽《くすぐ》ったかっただけです。大丈夫です」

大丈夫らしいので、由弦はマッサージを続けることにした。

しかし触れてみて分かるが……

柔らかそうな脂肪の下には、しっかりとした筋肉があった。

筋肉の土台の上に、薄く柔らかい脂肪の層。

これが愛理沙の美脚の秘密なのだろう、と由弦はどうでも良いことを理解した。

そういうどうでも良いことを考えていなければ理性が飛びそうなくらい、愛理沙の足は美しく、そして艶っぽかったのだ。

(尻も良いと思ったけど、足も良いな……甲乙つけがたい)

胸・尻・足の中から一つを選ぶことはできない！

そんな浮気性の男のようなことを考えながら、由弦は愛理沙のふくらはぎに触れる。

疲労のためか、少しむくんでいるように感じた。

「んぁ……良いです、それ……」

「俺にも後でやってくれよ？」

「はぃ……」

眠たそうに愛理沙はそう言った。

しかし今、眠られると由弦は愛理沙からのマッサージを受けることはできない。

それは少し困るので、由弦は愛理沙の足裏のマッサージに移ることにした。

土踏まずの部分を、折り曲げた人差し指の関節でグイッと押す。

すると……

「ひぐぅ!!」

可愛らしい悲鳴が上がった。

少し痛かったようだ。

「大丈夫か？　愛理沙」

「は、はい、大丈夫です……っくぁ……」

足裏を押すたびに、ビクビクと体を震わせる愛理沙。

ギュッと、シーツを両手で握りしめている。

そんな姿を見ると、少し可哀想に思えてしまう。

「痛いようならやめるけど……」

「こ、これくらい、大丈夫です。続きを……ひぎぃっ！」

愛理沙の口から悲鳴が漏れる。

とはいえ、大丈夫と言うならば大丈夫なのだろう。

由弦は愛理沙の言葉を信頼し、強めに愛理沙の足裏をマッサージしていく。

指圧するたびに愛理沙が体を震わせるのは……見ていて、少し面白い。

少しだけ、少しだけ……嗜虐心《しぎゃくしん》を擽られる。

「はぅ……由弦さん」

「どうした？」

「……後で覚えておいてくださいね」

ジト目で由弦を睨む愛理沙。

ちょっと怒った顔も可愛いなと、由弦は内心で惚気るのだった。

※

さて、選手交代。

次は愛理沙が由弦を揉む番だ。

「……じゃあ、揉みますね」

そう言って愛理沙は由弦の肩に触れた。

グッと、親指で由弦の筋肉を指圧する。

「どうですか？」

「丁度いい感じだね……」（あぁ……これ、良いかも）

愛理沙の体を揉むことには興味はあれど揉まれることにはさほど興味がなかった由弦だが、思ったよりも愛理沙のマッサージは気持ちが良かった。

意外と気が付かないうちに凝っていたのかもしれない。

「寝ちゃっても良いですよ？」

「うん……」

もっとも、由弦の背中の上に乗っている愛理沙の臀部が気になって、眠るまでは行かない。

（愛理沙、割と大きいんだよな……）

由弦は先ほど、マッサージの時に見た愛理沙のお尻を思い出す。

愛理沙が一生懸命に由弦の背中を揉もうと、ぐいぐいと体を動かすたびに、ぐいぐいと愛理沙のお尻が由弦の背中の上で動く。

「次は足をマッサージしますね」

「ああ、分かったよ」

愛理沙は由弦の上から体を退《ど》かした。

由弦は少しだけ名残惜しい気持ちになった。

「やっぱり、張ってますね」

愛理沙はそんなことを言いながら、由弦の太腿をマッサージしていく。

それからさらに下へと下りて、ふくらはぎをマッサージする。

長距離走の影響で少しむくんだ足をマッサージしてもらうのは、とても気持ちが良い。


そして……

「痛っ！」

ビクン、と思わず由弦は足を動かしてしまった。

足裏を押された途端、鋭い痛みが走ったのだ。

それから由弦はすぐにハッとする。

「すまん、愛理沙。……怪我《けが》はないか？」

「いえ、大丈夫です。こちらこそ、すみません。痛かったですか？」

「ま、まあ……」

正直、かなり痛かった。

だが……足つぼが痛いということは、それだけ体が不調ということ……なのかもしれない。

「続けてくれ」

「分かりました。……できるだけ、優しくやりますね」

今度は先ほどよりも弱めの力で、愛理沙は由弦の足裏を指圧してくれた。

やはり少し痛い。

だが痛いは痛いでも……ギリギリ気持ち良い感じの痛さだ。

「っく……」

「大丈夫ですか？」

「だ、大丈夫だ。そのまま……あっぐ……」

大丈夫ですか？　と聞く割には容赦がない。

由弦は呻きながら、愛理沙に尋ねる。

「……さっきの、根に持ってる？」

「まさか。私はただ、由弦さんにマッサージをお返ししているだけです」

それってやっぱり根に持っているんじゃ……と思いながらも由弦はマッサージを受け続ける。

この程度の仕返しは可愛い物だし、それに痛いには痛いが、同時に気持ち良いのも事実だからだ。

一方の愛理沙は……

「この辺はどうですか？」

少し楽しくなってきてしまったのか、小さな笑みを浮かべながら由弦の足裏の〝痛い場所〟を探るように指圧していく。

そのたびに由弦はビクビクと体を震わせる。

「あぐぅ……も、もう少し、優しく……」

「えい！」

「ちょ、ちょっと！　愛理沙さん‼」

由弦が悶《もだ》えると、愛理沙は楽しそうに笑った。

何だかとても楽しそうなので、やめてくれとは由弦は言いだせなかった。

あと、ついでにネット通販で足つぼマッサージ機を買おうと思った。

さて、それから僅かに時が経過し……
「……んっ？」
ふと、由弦は微睡《まどろ》みから目を覚ました。
僅かに薄目を開ける。頭がはっきりしない。
（確か、マッサージを受けていて……）
どうやら途中で寝てしまったようだ。
由弦は寝惚《ねぼ》け眼《まなこ》で、欠伸《あくび》をしながら立ち上がろうとし……
自分の衣服が誰かに引っ張られていることに気付いた。
「……あっ」
それは美しい亜麻色の髪の少女だった。
可愛らしい寝顔で寝息を立てながら、ぎゅっと片手で由弦の衣服を摑んでいる。
由弦は思わず息を呑んだ。
（……結婚したい）
何て可愛らしい少女なのだろう。
由弦はそう思った。
天使か、もしくは妖精のような……そんな愛らしさだった。
由弦は半ば無意識に愛理沙の頭へと、手を伸ばした。

そしてその綺麗《きれい》な髪を軽く撫《な》でる。

美しく輝く亜麻色の髪はとても美しく、サラサラとしている。

軽く顔を近づけてみると、仄《ほの》かに女の子らしいシャンプーの香りがした。

次に愛理沙の頰を指で軽く突《つつ》いてみた。

ぷにぷにと、白い肌に指が沈みこむ。

処理しているのか、それとも元々薄いのかは由弦には判断できなかったが……産毛のようなものも生えていない。

染み一つない、とても滑らかな肌だ。

美肌というのはこういうものを言うのだろうと由弦は思った。

「んっ……」

さて、一方の愛理沙はへらへらと、幸せそうな、能天気な表情で眠ったままだ。

起きる様子は全くない。

こうなってくると……もう少し大胆なことをしたくなるのが人情だった。

「……」

由弦の視線は自然と……愛理沙の胸部へと、薄いシャツを盛り上げている脂肪の塊へと移った。

普段はあまり視界に入れないように——あくまで由弦なりにだが——意識している愛理

沙のとても魅力的な部分だ。

そこをじっくりと観察する。

（こうしてみると本当に……）

大きいなと、由弦は何度目か分からない感想を内心で呟いた。

由弦の奥底から触ってみたいという欲求が湧き出て……思わず手を伸ばしかける。

しかしこのような清らかで神聖なものを自分が汚してはいけないという倫理観が、それを寸前のところで食い止める。

それから由弦は愛理沙の表情を窺《うかが》う。

起きる様子は……全くなく、心地よさそうな寝息を立てている。

「綺麗だな」

愛理沙の表情を眺めながら。

由弦は思わず呟いた。

そっと、顔に掛かった髪を払ってあげる。

それから……ふっくらとした、艶っぽい唇に指で触れる。

リップクリームのようなものを塗っているようで、愛理沙の唇は柔らかく、しっとりとしていた。

緊張で心臓が大きな音を立てる。

由弦はゆっくりと、彼女の唇に自分の唇を近づけ……

「……さすがに不味いな」

寸前のところで由弦は我に返るのだった。

※

時を僅かに遡る。

「……由弦さん？」

マッサージをしている最中。

ふと、由弦が沈黙していることに気付いた愛理沙は由弦に声を掛けた。

しかし由弦から声は返って来ない。

それはつまり……

「寝てしまいましたか？」

愛理沙は試しに尋ねてみるが、返事は返って来ない。

つまり本当に寝てしまったということだ。

「由弦さーん！」

もう一度呼びかけてみるが、しかし反応がない。

そこで愛理沙は由弦の顔を覗き込んでみた。
「……」
リラックスして、無防備を晒《さら》して眠りこけている由弦の顔がそこにはあった。
まさか、愛理沙に何かされることはないだろう、愛理沙なんて別に脅威でも何でもない
……そんな顔がそこにあった。
愛理沙は由弦の頬をつんつんしてみる。
起きる気配はない。
「……もう」
眠って良いと言ったが、本当に眠るなんて。
仕方がない人だ。
そう思いながら愛理沙は由弦の頭に手を伸ばす。
髪を優しく撫でてあげる。
しかしそれでも由弦が目を覚ます気配はない。
「由弦さんが、悪いんですよ……」
愛理沙は少しドキドキしながら、由弦の胸に手を伸ばす。
薄いシャツ越しに厚い胸板があるのがはっきりと分かった。
愛理沙の婚約者様は意外と筋肉質なのだ。

「……」

愛理沙はそっと、鼻を由弦の胸元に近づける。

すんすん、と香りを嗅ぐと石鹼《せっけん》の香りがした。

自分と同じ匂いだ。

「……」

愛理沙は由弦のすぐ隣で、横になった。

目の前には由弦の顔がある。

もう少し過激な悪戯を——キスを——してしまおうかとそんなことが脳裏を一瞬だけ過ったが、しかし恥ずかしくてできなかった。

愛理沙は由弦のシャツに手を伸ばし、ギュッと握りしめる。

そして目を閉じた。

それから……

「……？」

ふと、愛理沙は頭に不思議な感覚を感じた。

誰かが優しく、頭を撫でてくれるような……そんな感覚だ。

とても心が温かくなるのを感じた。

その感覚に身を任せていると……手が離れた。

少しだけ愛理沙は残念に思った。

それとほぼ同時に思考がはっきりしてくる。

自分が由弦の隣で寝てしまったことを思い出し、そして同時に自分の頭を撫でているのが由弦であることに気付いた。

「んっ……」

慌てて、起きようとした。

だが起きられなかった。

なぜなら、由弦の指が自分の頬に触れてきたからだ。

ぷにぷにと、由弦の指が自分の頬に沈むのを愛理沙は感じた。

「……」(今、起きたら……由弦さんはびっくりしてしまいますよね)

由弦は愛理沙が寝ていると思っているから、こんなことをしているのだ。

今、このタイミングで愛理沙が目を覚ましたら由弦は驚いてしまうだろう。

それは可哀想だ。

……そんな言い訳をしながら、愛理沙は由弦にされるままになる。

しばらくして、由弦は愛理沙の頬に触れるのをやめた。

しかし何もされないというのは……逆に不安だ。

次はどこに触れようとしているのか、由弦が何を考えているのか、愛理沙には分からないからだ。

(そ、そうか……今、私は凄く無防備で……)

そう考えるだけで愛理沙は自分の動悸《どうき》が速まるのを感じた。

吐息が熱く、激しくなる。

狸寝入《たぬきねい》りがバレないようにと意識すればするほど、それは余計に悪化する。

(私は寝ているから……どこを触られても、服とかを脱がされても、抵抗できないんだ……)

されたくないという恐怖と、されてみたいという期待。

由弦はそんなことはしないだろうという信頼と、自分の体に魅力を感じて欲しいという願望。

相反する感情で愛理沙の頭の中がぐちゃぐちゃになる。

と、その時……突然、由弦の指が僅かに愛理沙の髪に触れた。

顔に掛かっていた髪を優しく払っただけ……たったそれだけの動作と接触。

にもかかわらず、愛理沙は体の奥がカッと熱くなるのを感じた。

それからすぐに唇に何かが触れた。

それは由弦の指だった。

優しく、なぞるように。
形を確かめるように。
由弦の指が愛理沙の唇に触れた。
それはとても優しい仕草だったが……
同時に愛理沙は由弦の強い攻撃性と情欲を感じ取った。
これから、この唇に対して自分の唇を押し当ててやる。
蹂躙《じゅうりん》してやる。
唇を奪ってやる。
そんな宣言をされているような心地がした。
少なくとも愛理沙はそう感じた。
愛理沙の耳にはそんな言葉が聞こえたような気がした。
（だ、ダメぇ……）
心臓が激しく高鳴る。
下腹部が強烈に切なくなる。
息が増々荒くなる。
ゆっくりと……彼の唇が、吐息が近づいてくるのを感じた。
そして……

「……さすがに不味いな」

彼はそう呟いた。

近づいていた吐息が離れる。


愛理沙は気絶した。

※

「……うん」

由弦のすぐ隣で。

静かな寝息を立てていた少女が小さな声を上げた。

視線を移すと、薄ぼんやりとその翡翠色の瞳を開いていた。

まだ夢心地なのか、とろんと蕩けているように見えた。

「起きたか？　愛理沙」

「……ぁい」

愛理沙は眠そうに目を擦《こす》りながら、ゆっくりと体を起こした。

そしてボーッとした視線で由弦を見つめる。

「愛理沙？　大丈夫か？」

「ん……どうして、由弦さんが……」

そんな寝惚けたことを口走る。

そして、次の瞬間。

「ゆ、由弦さん⁉　ど、どうして⁉」

愛理沙は慌てた様子で後退《あとずさ》りした。

混乱しているのか……後ろに下がれば、ベッドから落ちてしまうことに気付いていない。

「愛理沙」

「ふぇ？　ひぃぁ」

由弦が慌てて愛理沙の腕を掴み、強引にその体を引き寄せた。

結果として愛理沙はベッドから落ちるのは免れたが、由弦に体を預けることになった。

「にゃ、にゃんで……」

「落ち着け。ここは俺の部屋だ。……君はマッサージの途中で、寝ちゃったんだよ」

「……へ？」

由弦の言葉を聞いた愛理沙は間抜けな声をあげた。

そしてキョロキョロと辺りを見渡し……ようやく、ここが自分の私室ではないことに気付いたらしい。

顔が一瞬で真っ赤に染まった。

「こ、これは……ご迷惑を、おかけしました」

しゅん、となる愛理沙。

そんな愛理沙の様子を見て、少しだけ……由弦は安心した。

(良かった……やっぱり、寝ていたんだな)

愛理沙が眠ってしまった後。

つい、魔が差した由弦は愛理沙にいろいろと……悪戯をしてしまった。

割とセクハラ紛《まが》いなことを、否、出るところに出られたら言い訳できないことをした自覚はあった。

その時は愛理沙なら許してくれるだろうと、そんな軽い気持ちだったが、よくよく考えてみると嫌われても仕方がない行為だった。

……愛理沙には嫌われたくはない。

「まあ……無理もないよ。疲れていたんだろう」

由弦はもっともらしいことを言って、誤魔化した。

そんな由弦に対して愛理沙は尋ねる。

「えっと、今は何時ですか?」

「丁度、午後の五時……前だね」

正確には四時四十五分。

夕食の支度を始めるにはちょうど良い時間帯だ。

「そんなに遅くなっていましたか。……すみません。えっと、お夕食、作りましょうか」

「……まあ、君と一緒に夕飯を食べることができるのはありがたいけれどね」

今日は平日だ。

あまり愛理沙を長時間、引き留めるのは良くないし……何より、今日はマラソン大会で疲れているはずだ。

「もし良かったら、外で食べないか？」

由弦はそう提案した。


そういうわけで由弦と愛理沙が赴いたのは有名な高級フレンチレストラン……

などではなく、近所にある有名なファミレスチェーン店だった。

いろいろとお金が入り用の由弦は金銭的な余裕がなく、そして愛理沙も小遣いには限りがあるので、必然的に選択肢は限られてくるのだ。

お互いに料理の注文を終えると……先程から妙にそわそわした様子の愛理沙に対し、由弦は尋ねた。

「……何か、聞きたいことでも？」

やっぱり、もしかしてあの時、起きていたのだろうか？

そんな不安が由弦の脳裏を過る。

一方由弦に尋ねられた愛理沙は翡翠色の瞳を少しだけ逸らし、その白い肌を薔薇色に染めながら……遠慮がちに尋ねる。

「えっと、私が寝ている時に……」

「……うん」

バクバクバク。

緊張と恐怖からか、由弦の心臓が激しく高鳴る。

まさか、気付かれていたか。

「そ、その……な、何か、変わったことは、ありましたか⁉」

それは何とも奇妙な質問だった。

ただ愛理沙が寝ている間に、何か変わったことが起こるだろうか？　普通は起こらないだろうし、起こらないと思うだろう。

だからそんな問いはしない。

そんなことを聞くからには、何か変わったことが起こったと、愛理沙は思っているのだ。

それが意味していることはすなわち……

自分が寝ている間に、あなたは何かしたか？　と聞いているに等しい。

（……落ち着こう）

あの時愛理沙は起きていて自分の悪戯に気付いていた。

そんな可能性が一瞬、由弦の脳裏を過る。

だが、もし起きていたら……あんな風にじっとしているだろうか？

キスされそうになっても、寝ているフリを続けるだろうか？

されるがままになるだろうか？

まさか、そんなはずがない。

きっと、愛理沙はあの時、起きてはいなかった。

狸寝入りではなかった。

ただ……寝ている最中に由弦が何か、怪しい悪戯をしたのではないかと、怪しんでいるのだ。

そういう意味で彼女なりに鎌をかけたのではないか。

いや、そうに違いない。

と、そんな推理をした由弦は可能な限り平静を保ちながら答えた。

「…………いや、特に何もなかったと思うけれど」

一体、何を気にしているんだ？

わけが分からないよ。

と、そんな風にしらばっくれながら……由弦は尋ねる。

「何か、違和感でもあったのかな？」

するとしばらくの沈黙の後、愛理沙は答えた。

「いえ……ぐっすり、寝ていたので。ええ、私は……寝ていましたから」

何だか含みがある言い方だった。

とはいえ、それに突っ込むのは……お互いにとって藪蛇《やぶへび》な気がした。

さて、由弦と愛理沙がそんな心理戦を繰り広げていると……

店員が料理を運んできた。

由弦はスープスパゲッティで、愛理沙はハンバーグだった。

美味《お い》しそうな香りがテーブルに立ち込める。

「食べようか」

「そうですね」

二人はフォークやナイフを手に取り、食事を口に運ぶ。

この手のチェーン店はどこで食べても安定して美味しい。

勿論、由弦はもっと美味しいレストランを知っているし、それに愛理沙の手料理の方が遙《はる》かに美味しいことを知っている。

とはいえ、それはそれ、これはこれ。

別にチェーン店の料理が美味しくないわけではなく、不味くて食べられないわけでもない。

「……なあ、愛理沙」

「味見、ですか？」

「よく分かったね」

「ふふ……いえ、以前もこういうことがありましたから。お店は違いますけれど」

愛理沙はそう言うと、ナイフとフォークでハンバーグを切り分けた。

そして……

先程まで、自分が使っていたフォークをハンバーグに突き刺した。

ゆっくりと持ち上げ、ソースがテーブルに垂れないように手で皿を作るようにして持ち上げる。

熱々のハンバーグに優しく息を吹きかけて、冷ます。

それから愛理沙は身を乗り出した。

「どうぞ」

「……ああ」

由弦は自然と口を開けた。

一方の愛理沙は躊躇することなく、由弦の口の中へ、ハンバーグを入れた。

由弦はゆっくりと、口を閉じる。

フォークと共にハンバーグが由弦の口の中に、閉じ込められた。

肉汁と濃いデミグラスソースの味わいが由弦の舌を刺激する。

しかし食べ物の味など、感じられないほどに由弦は緊張していた。

「どうですか?」

「……美味しいよ」

何とか言葉を絞り出した由弦は、愛理沙に尋ねた。

「君も……味見する?」

「……はい」

愛理沙ははにかみながら、頷いた。

由弦はスプーンとフォークを使い、食べやすいようにパスタを絡めとった。

由弦が身を乗り出すと、愛理沙はその艶やかな唇を開いた。

真っ白い歯とピンク色の舌が覗く愛理沙の口の中へ、由弦はつい先ほどまで自分が使っていたフォークをそっと挿《い》れる。

体が強烈に熱くなり、心臓が激しく高鳴るのを由弦は感じた。

一方の愛理沙は躊躇することなく、口を閉じた。

「んっ……」

愛理沙は目を細めた。

由弦はゆっくりと、その美しい唇からフォークを引き抜いた。

愛理沙が咀嚼《そしゃく》し終えるのを待ってから、由弦は尋ねる。

「どうだ？」

「はい。とても……美味しいです」

愛理沙はそう言って微笑んだ。

その笑みは由弦の目には、とても妖艶で、官能的に見えた。

それから由弦と愛理沙は幾度か、互いに料理を食べさせ合った。

※

「ただいま、戻りました」

夕方。

日が落ちてから愛理沙は自宅へと帰った。

返事はない。

もっとも、誰も家にいないわけではない。

愛理沙はゆっくりと、少しだけ重い足取りでダイニングキッチンまで赴く。

養母——天城絵美《あまぎえみ》——は丁度、台所で食器を洗っている最中だった。

「ただいま、戻りました。……絵美さん」

普段、夕食を作るのは愛理沙の仕事だ。

特に決められているわけでもないが、愛理沙が作ることが習慣になっている。

しかし今日は由弦と夕食を共にする都合上、帰りが遅くなった。

そのため珍しく絵美が夕食を作ったのだ。

勿論、愛理沙は事前に断りを入れておいたのだが……それでも少し気が重い。

一方、愛理沙に声を掛けられた絵美は皿を洗いながら、振り向かずに答えた。

「あら、お帰りなさい。……随分と遅いご帰宅ですね」

早速、嫌味《いやみ》が飛んできた。

彼女が愛理沙のことを酷《ひど》く嫌っていることは周知の事実だ。

特に今回の〝婚約〟に関しては、非常に機嫌を悪くしている。

自分から縁談を受けると言ったにもかかわらず、幾度も縁談を断り続け、男を選り好《よごの》みした愛理沙の態度と行動——絵美にはそう見えている——が、気に食わないのだ。

そして元々は実子である芽衣《めい》の婚約相手である高瀬川由弦を奪ったことも、彼女を苛立《いらだ》たせていた。

加えて愛理沙が悲劇のヒロインぶって、自分の悪口を高瀬川由弦に吹き込んでいる――と彼女は思っている――ことも、腹立たしい。

愛理沙の行動と態度は、愛理沙の母親――つまり絵美の妹――を絵美に強く想起させていた。

もちろん、絵美が愛理沙のことが嫌いなように、愛理沙も絵美のことは嫌いである。

面倒くさいなと愛理沙は内心で思いながら答える。

「はい。……ご迷惑をおかけしました」

「いいえ、別に迷惑だなんて思っていませんよ？　……忙しいですものね？　いろいろと」

「……はい」

含みのある言い方だ。

とはいえ、まともに相手をしたり反論したりすれば数倍になって返って来ることを学習している愛理沙は、彼女の言葉を適当に流した。

「では、私はこれで……」

早く自室に戻って寝てしまおうと、愛理沙はその場から立ち去ろうとする。

そんな愛理沙に対し、絵美は言葉を投げかけた。

「ああ、そうだ……ちゃんと汚れた体を洗ってから寝てくださいね。それと、汚れた〟下着〟も……同じ洗濯機に入れたくありませんから」

汚れた〝服〟ではなく、〝下着〟と限定する辺り、その意図は明らかだった。

絵美は愛理沙が由弦と〝寝た〟と思っているのだ。

「……はい、分かりました」

もっとも、あくまで嫌味で言っているわけなので本当に心の底からそう思っているかどうかは分からないし、重要ではない。

故に訂正したところで無駄だ。

それに……

(まあ……訂正する意味も薄いですし)

もし由弦との関係が誤解であれば愛理沙も否定したくなるが……

それほど間違っているというわけでもない。

言われるままに愛理沙は浴室へ行き、シャワーを浴びる。

「あの人……大人しくなったなぁ……」

正直なところ、愛理沙にとって絵美の嫌味は肩透かしだった。

少し前ならもっと酷いことを言われただろう。

絵美の〝言葉のナイフ〟の切れ味は明らかに落ちていた。

おそらく由弦と愛理沙の関係が上手くいっていることが背景にあるのだろう。

由弦が特別に圧力を掛けているというわけではないだろうが……

しかし彼の家名が愛理沙を守る盾になっているのは事実だ。

（……助けてもらってばかりで、申し訳ない）

思えばクリスマスには非常に高価なプレゼントを貰《もら》ってしまった。

それに相応《ふさわ》しいものを返せているかと言われると、愛理沙は自信を持って肯定できない。

勿論、由弦はお返しなど不要だと言うかもしれないが……

（人間として……堕落したくはないです……）

このまま頼り切り、貰いっぱなしだと間違いなく堕落する。

〝素敵な恋人がいる〟ことだけが取り柄の人間にはなりたくなかった。

さて、シャワーから上がった愛理沙は手早く体を拭き、寝間着に着替え、髪を乾かした。

脱衣室から出て、自室へと向かう。

廊下を歩いていると……

「愛理沙か……帰って来ていたんだね」

「はい。少し前に」

従兄《いとこ》である天城大翔《はると》と出くわした。

今、彼は大学が春季休暇ということで実家に帰って来ているのだ。

（早く、帰ってくれないかな……）

元々、愛理沙は大翔に対してあまり良い印象を抱いていなかったが……

以前、かつてのクラスメイトが絡んできた事件の背景に彼がいることを知って以来、その印象は大暴落していた。

早く大学のアパートに帰れよ。と、常日頃から思っている。

勿論、口に出したりはしないが。

「今日は……マラソン大会だったと聞いたけど、随分と遅かったね」

「そうですね。何か、問題ですか？」

愛理沙が冷たい声で返した。

さすがの大翔も愛理沙が不機嫌なことに気付いたようで、たじろいだ。

「い、いや……すまない。無神経なことを聞いたね」

「……」

思わず愛理沙は眉を顰める。

彼がたじろいだのは……どうやら変な勘違いをしているからのようだった。

何となく、愛理沙は不愉快な気持ちになった。

「別に由弦さんとは、何もありませんでしたよ」

「そ、そうか……それなら、良いんだが……」

どうにも誤解は解けていないようだった。

面倒に思った愛理沙は早々に会話を切り上げて、自室に戻ろうとするが……

「愛理沙！　……その、僕もできる限り、力になるから！」

腕を掴まれ、そんなことを言われた。

「……何の話ですか？」

「だから……その、アレだ」

大翔は少しだけ言《い》い辛《づら》そうに表情を歪《ゆが》めたが……

愛理沙を真《ま》っ直《す》ぐ見つめて答えた。

「婚約に……関してだ。別にアイツの言う通りにする必要なんて……」

瞬間、愛理沙は頭に血が上るのを感じた。

「由弦さんのことを悪く言うのは、やめてもらえませんか？」

思わず大きな声が出た。

呆然《ぼうぜん》とする大翔を見て、愛理沙はハッとなった。

「……すみません」

軽く頭を下げて、逃げるように自室へと向かう。

すると……

「喧嘩《けんか》なんて、珍しいですね」

自室の前に、一人の女の子が立っていた。

愛理沙の従妹《いとこ》、義妹に当たる少女……天城芽衣だ。

小学六年生。

大翔とは七つ、愛理沙とは四つほど年の離れた妹だ。

「あぁ……芽衣ちゃん。……勉強の邪魔をしちゃいましたか？」

「いえ、携帯で遊んでいたところなので大丈夫です。あぁ……お母様には内緒でお願いします」

ゲームは一日一時間。

というのが天城絵美の作った家庭内ルールだった。

これは彼女が愛理沙に意地悪をしているからというわけではなく、単純にゲームが嫌いだからである。

ゲームをすると頭が悪くなると思っているのだ。

愛理沙があまりゲームをしたことがないのは、そういう天城家の家庭方針のためである。

もっとも……ゲーム機の管理はできても、通信機器である携帯でやるゲームに関しては完全に把握できるわけではない。

そのため要領の良い芽衣は母親の目を盗んで、携帯ゲームでよく遊んでいた。

それどころか、父親にこっそりと強請《ねだ》って、少量の課金ならば見逃してもらっている様子だ。

もちろん、たまにバレたりするのだが、そういう時の言い訳や言い逃れ、〝反省しているフリ〟はとても上手だ。

こういう要領の良さ、生き方の器用さに関して愛理沙はこの義妹を尊敬しているのと同時に、少し羨ましいとも思っている。

愛理沙はお世辞にも器用な人間ではないからだ。

「それに愛理沙さんに少し、お話が」

「……私に話？」

「はい。まあ、婚約に関してなんですけれど」

思わず愛理沙は表情を強張《こわば》らせた。

そんな愛理沙を無視して、芽衣は話を一人で勝手に進める。

「実はお父様から……もし愛理沙さんと高瀬川さんの婚約が破談になった場合、代わりを頼めるか、とそんな感じのご相談を受けまして。あぁ……いえ、勿論、もっと配慮のある言い方でしたけれど」

愛理沙は頭が真っ白になった。しかし何とか、言葉を絞り出す。

「そ、それは……え、えっと……どういう意味で？」

「あくまで、もしも、仮に、愛理沙さんか、高瀬川さんのどちらか、または両方が相手のことを嫌いになり、婚約に暗雲が垂れ込めた時の……仮の話だそうですよ。つまり第二の案ですね」

芽衣の言葉に愛理沙はホッと、胸を撫で下ろした。

どうやら婚約が破談になったというような話ではないらしい。

(あぁ……そう言えば……)

養父である直樹《なおき》に「本当は婚約が嫌なんじゃないか?」というようなことを聞かれたことを、愛理沙は思い出した。

それに対して愛理沙は……明確な返答をすることができなかった。

どういう意図で聞いているのか、分からなかったからだ。

いいえ、と即答したかったが……

もしかしたら「はい」と答えることが直樹の望みなのではないかと思うと、少し怖かった。

だから消極的な、無回答という〝逃げ〟に走ってしまった。

直樹は「後で答えてくれればいい」と言ったが、それから話す機会もなく、ずるずると無回答のまま来てしまった。

「……そうですか。えっと、それで芽衣ちゃんは?」

「別に高瀬川さんと結婚したいとは、思いません。直接、顔を合わせたこともありません

し。……それに私、お父様のお仕事を継ぎたいと思っているので」

大翔は直樹と不仲なこともあり――厳密には大翔の方が一方的に直樹を嫌っているのだが――直樹の会社とはあまり関係のない学部へと、進学してしまった。

彼に会社と家を継ぐ意欲は薄く、直樹も無理に継がせようとは思っていない。

それに対して芽衣はそれなりに継ぐ意志があるようだった。

もっとも、彼女はまだ小学六年生なので、どう転ぶか分からないのだが。

「そ、そうですか」

愛理沙は思わず胸を撫で下ろした。

直樹の意図がどうであれ、芽衣が嫌だと言ううちは愛理沙しか、由弦と結婚できる者はいない。

「まあ、でも……別に高瀬川さんと結婚したからといって、会社が継げなくなるわけではありませんからね」

「……え？」

「直接会ったことはありませんが、しかし写真を見る限りは……とてもカッコイイ方だなと思いました。性格も決して悪い方では――まあお兄様は酷評していますが、それは少数意見ですしね――ないようですし」

そして芽衣は僅かに笑みを浮かべる。

「何より、お金持ちですからね。まあ、愛理沙さんが嫌というのであれば……吝《やぶさ》かではありません。勿論、直接会って話をした上でですけれど」

そして呆然としている愛理沙に対し、芽衣は問いかけた。

「それで愛理沙さんは、高瀬川さんと結婚することに関して、本心ではどう思っていらっしゃるんですか？」

「それはもちろん……しても良いと思っていますよ」

半年前であれば違った答えになったかもしれないが……少なくとも今は、愛理沙は由弦のことが好きなのだ。

「しても良い、ですか……ふむ」

「……どうかしましたか？」

「いえ、お父様はもしかしたら愛理沙さんはこの婚約に対して後ろ向きなのではと、懸念していらしたので」

「まさか……そんなはずありませんよ」

どうしていきなりそんな考えに至ったのか、そもそもその考えに至るのであれば今更すぎるだろう。

愛理沙はそう思い……ある一つの可能性に至った。

「ちなみにしても良い、という話ならば私も同じですよ。どちらかと言えば、積極的な方向で。良縁だと思いますからね」

愛理沙は自分の喉がカラカラに渇いていくのを感じた。

もし天城直樹が「やはり自分の娘と結婚させたい」とそう思っていたら、高瀬川家が「実子の方が望ましい」と思っていたら……。

「まあ、あくまで〝しても良い〟というだけで、〝したい〟わけではないんですけれどね？〝しても良い〟と〝したい〟って、大きな違いだと思いません？……まあ、結婚なんて遠い先の話ですし、正直想像もできませんけどね。私も、この年で将来のパートナーを決めるのは尻込みしてしまいますから」

愛理沙さんも大変ですね。お気の毒です。

でも、現状の意志ははっきりさせた方がいいですよ？

もっとも、〝どっちでも良い〟程度の気持ちならば話は別ですけれど。

そんなことを言って芽衣はその場から立ち去った。

愛理沙は何も言えなかった。

第四章　〝婚約者〟との婚約

マラソン大会の数日後のこと。
由弦《ゆづる》と宗一郎《そういちろう》、そして聖《ひじり》の三人はファミリーレストランで食事をしていた。
勿論《もちろん》……聖の奢《おご》りである。
そして男が三人集まれば……決まってすることがある。
そう、猥談《わいだん》だ。
三人でどんな女の子が好きか、どんな部分が好きなのかというような話で盛り上がる。
もちろん、由弦の推しは「金髪翠眼《すいがん》美少女」である。
さてそんな話をしている最中のこと……
「愛理沙《ありさ》、俺の告白を受け入れてくれるかなぁ……」
唐突に弱気なことを言い始める由弦。
そんな由弦に対し、宗一郎と聖は適当な励ましの言葉を掛ける。
「雪城《ゆきしろ》さんはどう見ても、お前のことが好きだろ」

「俺の目から見てもベタ惚《ぼ》れに見えるが」

「だよな……いや、それは分かっているんだけど」

アーリオ・オーリオをフォークで巻きながら由弦はため息をつく。

「それって、つまり俺と本当の意味で婚約する……将来的には結婚するってことじゃないか」

つまり高瀬川家《たかせがわけ》に嫁入りするということだ。

そして高瀬川家は少なくとも普通の一般家庭ではない。

「面倒くさそうだなって、思わないかな」

「まあ、気苦労は多そうだが……」

「その代わり、金があるじゃねぇか。大喜びで嫁ぐだろ」

由弦の懸念に同意したのは宗一郎で、それを否定したのが聖だ。

愛理沙にとってはいわゆる「玉の輿《たまのこし》」になるため、断る理由はないように見える。

「というか、結婚は前提なのか？　結婚は置いておいて、恋人同士でも構わないと思うが」

宗一郎の言葉に由弦ははっきりと答える。

「俺は愛理沙と結婚したい……いや、絶対する」

「なら、良いじゃないか」

「何を悩んでいるんだ？」

「いや……別に何も悩んではいないけど」

どんな手段を使ってでも、由弦は愛理沙と結婚したいと思っていた。

もし愛理沙が「ちょっと、高瀬川姓になるのは嫌です……」と言うようなら、高瀬川の良いところをアピールして、何が何でも〝高瀬川愛理沙〟になってもらうつもりでいる。

そういうわけなので悩みはない。

ただ、不安があるだけだ。

「そんなに結婚したいなら……最悪、お前が出ていけばいいじゃないか」

「ん……」

聖の提案に由弦は言葉を詰まらせる。

今の由弦にとっては高瀬川家の家督と、愛理沙との結婚なら……後者の方が大切だ。

とはいえ……。

「俺は……後継者として生まれて、育てられたからな」

別に高瀬川家の遺産がどうしても欲しいというわけではない。

ただ……家督を継がなくてはならないと、継ぐことは義務であると思っている。

少なくとも両親もそのために、後継者を作るために由弦を産んだのだ。

それが高瀬川由弦に与えられた使命であり、人生である以上、その道を外れるわけにはいかない。

そういうわけで自由でいられるのは高校生、大学生のうちなのでその間に可能な限りいろいろなことをしてみたいと由弦は思っていた。

だからこそ今の段階での婚約は嫌だった。

好きな人が出来た時に困るからだ。

「というか、まあ……高瀬川家の後継者だから、愛理沙と結婚できるんだけどな！」

「そう言えばお前ら、〝婚約者〟だったな」

「外堀も内堀も埋まってるじゃねぇか」

つまりあとは本丸を攻め落とすだけだ。愛理沙が「うん」と頷《うなず》いてくれさえすれば良い。

「いやはや、高瀬川家の長男に生まれて良かった……そうじゃなかったら、愛理沙は高嶺《たかね》の花《はな》だったからな」

もっとも、仮に自分が普通の高校生だとしても。

意地でも愛理沙を口説き落とすし、彼女に〝婚約者〟でもいるようならば略奪してみせる所存だが。

「愛理沙はな……可愛《かわい》いんだよ」

「聞いた」

「愛理沙におだてられたら何でもする自信がある」

「それで木に登って落ちたもんな」

「黙れ。殺すぞ」

　黒歴史を掘り返されて怒る由弦。

　ゲラゲラと思い出し笑いをする宗一郎と聖。

「まあ、大丈夫だろ。お前、顔はそこそこ良いし、性格もどこぞの誰かと違って屑《くず》という
ほどでもないし、金はあるしな」

　女から見たら優良物件じゃないか。

　と、頷く聖。

　そしてそれに同意するように宗一郎も頷く。

「どこぞの誰かと言うのが誰のことを指しているのか気になるが……由弦は良い男だろう。

俺が女だったら結婚したいくらいだ」

「気持ち悪……」

「酷《ひど》くないか⁉」

　と、まあそれはお互いに冗談ではあるのだが。

「そう言えば……ぶっちゃけ、お前は将来、継ぐのか？」

　宗一郎は聖にそう尋ねた。

　つまり良善寺《りょうぜんじ》の家業を聖は継ぐのか、彼は次期当主なのか？　という問いだ。

「ん……別に継ぐことは嫌というわけではないのだが」

「ないのだが？」

「俺は従兄《あにき》を推している」

良善寺聖は一応、良善寺家の跡取り……ということになっている。

しかしそれは正式な決定ではない。

彼以外にも跡取り〝候補〟は存在するのだ。

「そうか。まあ……高瀬川としては、割れるのだけは勘弁してくれと、伝えておこう」

「それは良かった。俺たちも割れるのだけは嫌だからな」

家が衰退するのは内部不和が要因である場合が殆《ほとん》どだ。

後継者争いや宗家・分家争いは勿論のこと。

先代当主と今代当主、次期当主の間でも紛争は起こる。

（……そういう意味では親父《おやじ》は俺の機嫌は損ねられないわけだ）

高瀬川家今代当主、高瀬川和弥《かずや》にとって、最大の敵は分家でも上西《うえにし》でも政敵でもない。

高瀬川由弦だ。

唯一、由弦だけが彼を当主の座から追い落とす可能性がある。

そしてまた由弦にとっても父は厄介な相手だ。

次期当主という肩書きがある以上は父に逆らうことはできないからだ。

（愛理沙に関しては……一切譲る気はないけれどね。まあ、分かっているだろうけれど）

由弦と愛理沙の恋を邪魔できる実力を持つ存在はこの世で二人だけ。

高瀬川和弥《ちち》と高瀬川宗弦《そふ》だ。

もっとも……由弦は父に対して反旗を翻すつもりなどは毛頭ない。

同様に和弥も息子に対しては一定の信頼を置いている。

そもそもただの親子喧嘩《げんか》ならばともかくとして、血みどろの戦いは絶対にしたくないというのが二人の本音だ。

今代当主・次期当主という面倒な肩書きを除けば、普通の仲良し親子なのだから。

「仮にお前の従兄が継いだとして、お前はどうするんだ？」

「知らん。まあ……系列の企業に就職するのが王道ではあるが……まあ、うちはお前らとは違って、そう歴史が長いわけではないからな。俺である必要はそんなにない」

聖はそう言ってから……ふと、話題を唐突に変えた。

「明日の月曜日……バレンタインデーだな」

「あぁ、そうだな」

「バレンタイン、か」

昨年まで、由弦にチョコレートをくれる人物は限られていた。

母親と妹、そして同じ中学に通っていた亜夜香《あやか》だ。

勿論、すべて義理だろう。

今年は母親や妹からはおそらく貰《もら》えない（まさか届けてくれることはないだろう）。

そして亜夜香は例年通りくれるだろうし、ついでに千春《ちはる》も一応義理チョコをくれるかもしれない。

天香《てんか》は分からないが……ハロウィンのお菓子を忘れない彼女ならば、市販のチョコくらいは由弦に寄越《よこ》すかもしれない。

だがそんなことよりも……

（愛理沙はどんなチョコレートをくれるだろうか……）

ほんの少し。

料理上手な婚約者のチョコレートを由弦は期待するのだった。

※

「おはよう、愛理沙」

「おはようございます。由弦さん」

その日も愛理沙は由弦の部屋まで、弁当を届けに来てくれた。

由弦はありがたく、保温性のある弁当箱を受け取り、そして綺麗《きれい》に洗った弁当箱を返却する。

「今回も美味《おい》しかったよ。……いつもありがとう」

「いえ、私も由弦さんに食べていただいて、とても嬉《うれ》しく思っています」

それはいつもと同じやり取りだった。

普段ならばここで一度、由弦と愛理沙は別れる。

愛理沙が一足先に学校へ行き、そして身支度を済ませた由弦がその後に登校する。

というのがいつもの流れだ。

しかし……今日はお互い、何となくいつもと違う気がした。

由弦は少しだけそわそわしていたし、愛理沙もまたそわそわとしている様子だ。

理由は……明白だ。

今日がバレンタインデーだからだ。

「……その、由弦さん」

愛理沙の白い肌は仄《ほの》かに赤く染まっていた。

その声は緊張で震えている。

由弦もまた心臓がドキドキと高鳴るのを感じた。

「そ、その……」

「……愛理沙？」

「や、やっぱり、な、何でもないです！」

愛理沙はそう言うと逃げるように走り去ってしまった。

由弦は思わず、ポカンと口を開ける。

「……え？」

普通、そこでヘタれるだろうか？

由弦は自分のことを棚に上げて首を傾《かし》げた。


さて、それから由弦は少しモヤモヤとした気分のまま登校した。

学校に着くと……やはり少しだけいつもと雰囲気が異なるように感じた。

もっとも、そこには明確な温度差があった。

男子で言えば幸せそうな者もいれば、妙にソワソワしている者もいるし、負の感情を撒《ま》き散《ち》らしている者、そして特に普段と変わりなさそうな者もいる。

一方、女子の方は全体的にキャッキャとしているように感じた。

女子は同性同士でチョコを交換するので、好きな人がいようといなかろうと、盛り上がるのだろう。

(下駄箱《げたばこ》にチョコレートとか、入ってたりしないかな？)

直接渡すのが恥ずかしいから、下駄箱に入れる。

愛理沙なら十分にあり得る。

と、そんな期待を込めて開けると……上履きが入っているだけだった。

「はぁ……」

「ゆーづるん！」

「ぎゃぁ！」

突如、背中を何者かに叩《たた》かれた由弦は悲鳴を上げた。

何者か、と言ってもこのようなことをする人物は限られる。

「あ、亜夜香ちゃん……痛い」

「あ、ごめん。強く叩きすぎた」

あまり反省していないような表情で亜夜香はニヤニヤと笑いながら言った。

そんな彼女の後ろにはもう一人の幼馴染《おさななじ》み。

「おはようございます、由弦さん」

「ああ、おはよう。千春ちゃん……」

二人は普段から一緒に登校してきているというわけではないので、たまたま一緒になったのだろう。

そしてそのままのテンションで由弦にアタックを仕掛けてきたのだろう。

良くも悪くも幼馴染みの行動原理は由弦にはよく分かっていた。

「ゆづるん、愛理沙ちゃんからは貰えた？」

ニヤニヤと笑いながら亜夜香は言った。

続いて千春もまた、揶揄《からか》いを含んだ笑みを浮かべる。

「みんなで、亜夜香さんと愛理沙さんと、それから天香さんと一緒に作ったんですよ?」

二人は早朝に由弦が愛理沙から弁当を貰っていることを知っている。

その時に由弦が愛理沙から弁当を受け取ったと、考えているのだろう。

由弦も二人の立場ならそう考える。

「いや……貰えてなくてね」

「え、そうなの?」

「愛理沙さん……肝心なところでヘタレですね」

亜夜香と千春は呆《あき》れ顔《がお》を浮かべた。

とはいえ、二人の話によればちゃんと愛理沙はチョコレートを用意してくれていたようなので、それだけは安心だ。

(「す、すみません……実は忘れてました!」って言おうとしてたとしたら、ちょっとショック……というか、計画に支障を来すからな)

由弦はホッと息をつく。

もっとも、まだチョコレートが貰えると確定したわけではない。

愛理沙がこのまま渡す機会を逃してしまう可能性も十分にあるからだ。

「あ、そうだ。はい、これ。ゆづるん」

「どうぞ、由弦さん」

「これはどうも」

可愛《かわい》らしくラッピングされたチョコレートを二人から受け取る。

勿論、義理チョコだ。

「お返しは三倍ね」

「勿論、原材料費だけではなく、手間や私たちからの愛も含めてくださいね」

「ああ、分かった。ホワイトデーにはそれなりのものを……と言いたいところなんだけれどね……」

由弦はそう言って頭を掻《か》いた。

少々、情けない話なのであまり言いたいことではないが……

「ちょっと、金欠だから……まあ、その、足りない分は気持ちで埋める形で良いかな？」

「あれ？　ゆづるん、バイトで結構稼いでるって聞いたけど？」

「何か、買ったんですか？」

「正確にはこれからだけど。愛理沙に――を買おうと思っているんだ」

由弦がそう言うと、亜夜香と千春は大きく目を見開いた。

「ああ、愛理沙には内緒だぞ？」

「勿論、言わないよ！　口が裂けても!!」

「でも、それは確かにお金がないのも納得です。ホワイトデーはブラックサンダーで良いですよ。あ、ちなみに今のは……」

「白い日にブラックを渡すというギャグか？」

「そうです、よく分かってるじゃないですかぁ」

さて、あまり長いこと立ち話をしているわけにもいかない。

そこで話を打ち切ると、由弦と亜夜香たちはそれぞれ教室へと向かった。


由弦が教室に入った時、丁度、女子たちがチョコレートの交換会を執り行っていた。

その中には愛理沙の姿もあった。

愛理沙の方を見ると……目と目が合った。

しかしそれは一瞬。

すぐに恥ずかしそうに目を伏せてしまった。

これはもしかして貰えないんじゃないだろうか……

と少し気落ちしながら、由弦は席に着いた。

……そして気付く。

「うん？」

机の中に何か、入っていた。

まさかと思いながら、引っ張りだすと……それは可愛らしい包装に包まれた、箱だった。

「……」

瞬間。

クラス全体に緊張が走るのを由弦は確かに感じた。

（……もしかして、愛理沙？）

意外と大胆なことをするもんだな。

と、由弦は一瞬だけ愛理沙の方へと視線を向けると……

（あ、違う）

彼女は呆然《ぼうぜん》と、この世の終わりであるかのような表情を浮かべていた。

彫刻のように固まってしまっている。

まさか張本人がそんな表情をするはずがない。

（差出人は……不明か）

これ、本当にどうしようかなぁ……

由弦がため息をついた瞬間。

「高瀬川君、おはよう」

「うおっ！」

突然声を掛けられた由弦は、思わず体をビクリと震わせた。

「……何もそこまで驚くことはないでしょうに」

「い、いや、すまない……おはよう、凪梨《なぎり》さん」

由弦に声を掛けたのは長身でスレンダーな美少女。

凪梨天香だった。

「はい、これ。いつもお世話になっているから。義理だけれど」

「ああ、どうもありがとう」

どうやら義理チョコを渡しに来てくれたようだった。

由弦はありがたく、天香からチョコレートを受け取る。

「……それ、誰から？　愛理沙さんじゃないわよね？」

天香は机の上に置いたままの、可愛らしい包装が施された箱を見ながら言った。

亜夜香の証言によると、亜夜香たちは一緒にチョコレートを作ったそうなので……それぞれが作ったチョコレートを包む箱や包装は把握しているはずだ。

だから一目で四人以外の誰かの物だと、見抜いたのだろう。

「いや、分からない。机の中に入っててね……差出人は書いてない」

もしかしたら箱や包装の中に入っている可能性はあるが……

少なくとも、外見上は手紙やメッセージの類いは一切なかった。

「知らない人からのチョコねー……市販のじゃなかったら、どうする？」

「……ノーコメントだ」

「まあ、そうよね。それが普通だと思うわ。身の安全が一番よ」

由弦の返答で察した天香は、ぽんぽんと慰めるように由弦の肩を叩いた。

「モテる男は大変ね」

「君ほどではないよ。君のチョコを欲している男子は少なくないんじゃないか？」

言うまでもないが天香も非常に美しい女の子なので男子からの人気は高い。

その容姿のレベルは愛理沙や亜夜香、千春と並ぶ（勿論、由弦は愛理沙がダントツだと思っている）。

天香からのチョコレートを欲している男子は少なくないだろう。

……実際、クラスの男子生徒からの視線が少し鋭くなっているような気がした。

「……私、料理上手じゃないし。正直、亜夜香さんたちのと比べるとアレな出来だから、そんなに良い物でもないと思うけどね」

「大事なのはチョコレートそのものじゃなくて、誰から、どういう意図で、貰ったかだと思うけどね」

そういう意味では差出人不明のチョコレートは少し扱いに困る。

由弦は一先《ひとま》ず、差出人不明チョコと天香からのチョコを鞄《かばん》にしまうことにした。

それから天香に尋ねる。

「聖にはもう、渡したのか？」

「え？　……な、何で聖君の名前が出てくるのよ」

「いや、他意はないよ」

由弦がそう言うと天香はプイっと顔を背けた。

「そ、そう。……そろそろ、授業が始まるから」

「ああ。君も頑張れよ」

「……別に頑張ることなんてないわよ」

そう言って天香はスタスタと逃げるように教室から立ち去るのだった。


さて、それから昼休み。

宗一郎たちと共に弁当を食べ終えた由弦は教室へ戻ってきた。

するとほぼ同時に由弦の携帯が振動した。

誰からだろうと確認すると……愛理沙からのメールだった。

『お弁当、美味しかったですか？』

何となく、由弦は愛理沙のメールの意図を察した。

というのも普段、愛理沙の方から昼休みに弁当の感想を求めてくることはないからだ。

普段は昼食後、落ち着いたタイミングで由弦の方から一言、愛理沙にメールを送っている。

そして翌朝、新しい弁当を受け取るタイミングで改めて直接、口頭でお礼と感想を言うのが普通だ。

故に愛理沙が聞きたいのは弁当の感想ではない。

弁当の感想を尋ねたのは、愛理沙にとってはただの会話の糸口だろう。

『今日も美味しかったよ。特に白身魚は美味しかった』

『あれをお弁当に入れるのは初めてなので、それは良かったです。……ハーブで香りをつけて焼きましたが、生臭くはなかったですか？』

『いや、気にならなかったよ』

普段は『○○が美味しかった』『それは良かったです』程度で終わるにもかかわらず。

今日はやけに長かった。

露骨に会話を長引かせているのが、はっきりと分かった。

そしてしばらく、やり取りが続いた後……

『あのチョコ、誰からのですか？』

ついに愛理沙が本題に切り込んできた。

それはただの質問に過ぎず、特別な顔文字やスタンプが使用されているわけでもなかったが……

何となく、鬼気迫るような、誤魔化《ごまか》すことを許さないようなオーラが漂っていた。

「……」

由弦は一瞬だけ顔を上げて、愛理沙の席へと視線を向けた。

愛理沙は携帯を両手で握りしめ、無表情で画面を睨《にら》んでいた。

……とても怖い。

『分からない。差出人は書いてなかった』

由弦がそう返すと、瞬く間に返信が返ってきた。

『本当ですか？』

本当も何も、嘘《うそ》をつく理由がない。

何故《なぜ》か、由弦は愛理沙に責められているような気分になった。

何も悪いことはしていないのに。

『本当だよ』

『中は開けましたか？』

『いや、まだ』

『開けてください』

たった七文字なのに。

その文章には有無を言わさない迫力があった。

由弦が少し戸惑っていると、またすぐにメールが届いた。

『開けてください』

まさかの同じ文面だった。

由弦は思わず、愛理沙の方を見た。

すると……彼女と目が合った。

無表情だった。

由弦は慌ててメールを打ち返す。

『今から、トイレで開けて来るよ』

それから由弦は飛び上がるかのように席を立つと、鞄を持って小走りでトイレへと駆け込んだ。

(怖い怖い……)

由弦は愛理沙に対して若干の恐怖を感じた。

まるで妻に浮気がバレた夫になった気分だった。

勿論、浮気でも何でもないし、そもそも不可抗力なのだが。

鞄の中から箱を取り出す。

そして慎重に包装を解き、中を確認した。

（やっぱり、手作りチョコか……）

ハート形の〝いかにも〟というような手作りチョコレートだった。

それから箱の中を確認し……手紙やメッセージの類いが入ってないことを確認する。

「やっぱり、差出人はなしか……」

相手を特定できる要素がないことを確認すると、由弦は携帯を見た。

するとすでに二件、メッセージが来ていた。

『開けましたか？』

『何が入ってましたか？』

『誰からか分かりましたか？』

否《いや》、メッセージを確認するのと同時にもう一つ、新たなメッセージが来たので厳密には三件だ。

「……誰からのプレゼントか知って、どうするつもりなんだ」

愛理沙に限って、その女の子を相手に何かをすることはあるまい。

……と思いたいところではあるが、ここまで〝誰かからの本命チョコレート〟に反応しているところを見ると、絶対にそんなことはないという確証は持てなかった。

（……まあ、これはこれで可愛いけど）

強い嫉妬心はそれほど愛理沙が由弦のことを好きでいてくれている証拠だ。

それに由弦も愛理沙の気持ちがよく分かる。

もし愛理沙が誰かからラブレターの類いを貰ったら、気になって仕方がなくなるだろう。

『やっぱり誰からか、分からなかったよ』

一先ず、愛理沙を安心させるために由弦はメールを送った。

するとすぐに返信が来た。

『写真を見せてもらえたりしますか？』

つまり中身を撮影して送れと、愛理沙姫はご所望のようだ。

勿論、由弦の方には特にやましいことなどないし、困るモノが入っていたわけでもない
――そもそも見られて困るプレゼントって何だよという話だが――ので、素直に写真を撮影して愛理沙に送った。

しばらくして返信が来た。

『手作りですね』

少し待っていると、すぐに新しいメールが来た。

『危ないと思います』

『誰が作ったか分からないものは食べない方が良いと思います』

『衛生的にも確かではありません』

文面だけを見ると由弦を気遣って、心配している内容だが……

嫉妬心や独占欲から「食べるな」と言っているのは明白だった。

(愛理沙もこういうところがあるんだな……)

否、こちらが愛理沙の素なのだろう。

元々、嫉妬心や独占欲が強い、我儘《わがまま》な子なのだ。

普段は抑圧されていて、表に出てこないだけで。

『分かっているから、大丈夫だよ』

由弦は愛理沙に対し、そう返した。

もし仮に……貰ったチョコレートが市販品ならば、食べ物を粗末にするわけにはいかないと食べただろう。

また、もし差出人が分かっていて、それが信用のおける人物であったなら手作りでも食べたし、由弦への想《おも》いを伝える手紙が入っていたら、直接その女の子と会って、断りの言葉を口にしただろう。

愛理沙にダメだと言われても、そうした。

貰ったものは口にする、返事はちゃんと返す。

それが最低限の相手への礼儀だと思っているからだ。

だが差出人不明の手作りチョコレートとなると話は別だ。

愛理沙の言う通り衛生的にどうしても不安が残る。

それに〝何が入っているか〟分からないという問題があった。

実は由弦は両親から「誰が作ったか分からないものは食べるな」と厳命されていた。

高瀬川家に恨みがある人間は少なくない。

それに逆恨みだけではなく、純粋に高瀬川家が没落することで利益を得る者も中にはいるだろう。

また由弦が死ねば高瀬川家宗家の次期当主の席が空く。

その席を欲している者が絶対にいないとは限らない。

……まあ、勿論常日頃から命を狙われているというわけではないし、日常生活を送る上では特に問題はないのだが。

そもそも、少し調べれば分かりそうな杜撰《ずさん》な犯行をするとは思えない。

それでも用心するのに越したことはない。

恨みや利益といったことを抜きにしても、愉快犯や快楽殺人をする人間は一定数いるのだ。

それを抜きにしても食中毒などの可能性もある。

差出人不明の食べ物は危険が多い。

そういうわけで作ってくれた女子には大変申し訳ないのだが、由弦はこのチョコレートを口にすることができない。

愛理沙が望もうと、望むまいと、だ。

『親から、作った人の分からないものは食べるなと言われている』

『そうですか。それなら良かったです』

由弦の返答に愛理沙は安心したらしい。

由弦もまた、ほっと息をつく。

……そして安心すると、少しだけ腹が立ってくる。

別に悪いことをしたわけでもないのに、どうして責められたような気分にならなければならないのか。

嫉妬する愛理沙は可愛いが、しかし限度というものは存在するのだ。

『やっぱり、プレゼントは手渡しが一番だね』

少しだけ反撃したくなった由弦はそんなメールを送った。

勿論、愛理沙からのバレンタインチョコレートを急《せ》かす意図だ。

しかし……

「……え？」

五分待ったが、返信がなかった。

まさかの既読スルーだ。

（……怒らせちゃった？）

由弦は不安に駆られた。

さて、それからモヤモヤしながら由弦は昼休みを過ごした。

それからいくら待ってもチョコレートは勿論、返信すらなく……ホームルームを迎えてしまった。

（……まさか、貰えずに一日が終わってしまうとは）

愛理沙からチョコレートを貰えるとばかり思っていたので、貰えないのは純粋にショックだった。

加えてバレンタインデーでチョコレートを貰えないということはホワイトデーで自然なお返しができないということであり……

〝計画〟の練り直しが必要なことを意味していた。

「……まあ、やむを得ないか」

ホームルームが終わった後、由弦は立ち上がってそう呟《つぶや》いた。

気落ちしていても仕方がない。

それに学校では貰えずとも、後で貰える可能性もあるのだ。

諦めるには早すぎるだろう。

少なくとも、愛理沙がチョコレートを用意してくれているのは確かなのだから。

最終手段として、由弦の方から愛理沙にチョコレートが欲しいと言う手もある。

そんなことを思いながら、由弦は鞄を手に取り、そそくさと教室を去ろうとして……

「由弦さん!!!」

透き通るような綺麗な声に呼び止められた。

振り向くと、そこには由弦の想い人が、雪城愛理沙がいた。

愛理沙は胸に何かを抱いたまま、俯《うつむ》いていた。

「……愛理沙？」

由弦が問いかけると、愛理沙はゆっくりと顔を上げた。

その顔は真っ赤に染まっていた。

「これ、どうぞ……つまらないものですが。受け取ってください!!」

愛理沙は大きな声でそう言うと、胸に抱いていた物を……

可愛らしくラッピングされた小包を由弦に押し付けるように渡してきた。

「で、では……さようなら!!」

由弦がお礼を言う間もなく、愛理沙は走り去ってしまった。

その背中はみるみるうちに遠くなり……そしてあっという間に見えなくなってしまった。

「……参ったな」

クラスメイトたちから注目を浴びてしまった由弦は、顔を真っ赤にしたまま。誤魔化すように頰《ほお》を掻くのだった。

※

バレンタインの日から、およそ二週間ほどが経過した……早朝。

「おはようございます、由弦さん」

「おはよう、愛理沙」

今日も愛理沙は由弦のマンションを訪れてくれた。

愛理沙は由弦に弁当を手渡し、由弦は空になった弁当箱を渡す。

それから由弦は愛理沙に料理の感想を伝え、愛理沙が嬉しそうに微笑《ほほえ》む。

そして……

「じゃあ……行きましょうか」

「そうだね」

由弦と愛理沙は共にマンションを出て、学校に向かった。

「……そろそろ春ですね。まだ、寒いですけれど」

「そうだね。ここ数年は春と秋がなくなって、夏と冬だけになっている気がするよ」

「これじゃあ、四季じゃなくて二季ですよね」

そんな他愛《たあい》もない話をしながら。

由弦と愛理沙は仲良く、並んで歩いていた。

少し前から、由弦と愛理沙は共に登校するようになった。

以前は、朝は生徒に目撃されることが多いから控えようという理由で一緒に登校することは避けていたのだが……

バレンタインデー以来、少し状況が変わった。

というのも学校内で、由弦と愛理沙は〝恋人同士〟と見做《みな》されるようになったからだ。

しかしそれも当然のことだろう。

愛理沙が教室で、あれほど大胆に、いかにも〝本命です〟というようなチョコレートをいかにも「あなたのことが好きです」と伝えるかのように由弦に手渡し、そして「告白しちゃった、恥ずかしい！」というように逃げていけば……

少なくとも愛理沙が由弦のことが好きだと告白したと、周囲は認識する。

そしてある種の伏線として、由弦と愛理沙は亜夜香たちも交えて弁当を食べたり、共に行動をすることで、親しい友人同士であることを周囲に示してきた。

だから由弦が愛理沙の想いを受け入れる余地は十分にあった……ように見える。

そして以前と以後で、由弦と愛理沙の距離感が露骨に離れるということはなかった。

少なくとも、雪城愛理沙は高瀬川由弦にフラれたということはないのだろう。

それはつまり彼は彼女の想いを受け入れたのだ。

と周囲は自然と解釈する。

それに前々から下校時に由弦と愛理沙が共にいることは幾人かの生徒たちに目撃されていたため、由弦と愛理沙が〝デキている〟という噂《うわさ》は存在した。

つまり由弦と愛理沙が恋人同士であると、周囲が認識する〝下地〟は出来上がっていたのだ。

……もっとも、この〝下地〟は由弦と愛理沙の二人が暗黙の了解で作り上げたものなのだが。

もうすでに由弦と愛理沙が親しい関係であることは周知の事実になった。

ならば……

今更、共に登校することを躊躇《ちゅうちょ》する必要はない。

自然と二人で一緒に登校することになった。

「本当に……寒いですね」

そう言って愛理沙は真っ白い手に、白い息を吹きかけた。

……由弦の記憶が正しければ、彼女は自分の手袋を持っていたはずだ。

しかしどういうわけか、今日は手袋をしていない。

やや赤らんだ顔で、潤んだ瞳をチラリと、愛理沙は由弦に送ってきた。

由弦は無言で片手の手袋を外した。

「……由弦さん？」

きょとん、と。

まるで「急に手袋を外して、どうしたんですか？」などと言いたそうな表情で愛理沙は言った。

……由弦は少し、意地悪をしたくなった。

「片方、貸すよ」

「……ありがとうございます」

私がして欲しいのは〝そっち〟じゃないのに……

由弦さん、鈍い……

しょんぼりと、そんなことを言いたそうに愛理沙は由弦から手袋を受け取った。

おずおずと、歩道側——つまり由弦とは反対方向——の手に手袋をする。

そしてわざとらしく、「寒いなぁ……」と言いたそうにもう片方の手に息を吹きかける。

わざとらしく、体を震わせてみたりする。

由弦は吹き出しそうになるのを堪えながら——なんとか苦笑に抑えつつ——剝《む》き出《だ》しに

なった手を差し出した。

「俺も寒いから。そっちの手はこれで我慢してもらえないだろうか？」

そう言いながら愛理沙に手を開いて見せた。

すると愛理沙はその翡翠色《ひすいいろ》の瞳を大きく見開いた。

由弦の顔を見上げ、花が咲いたように顔を綻ばせる。

そして躊躇なく、待ってましたと言わんばかりに由弦の手を握った。

ひんやりと、冷たい手だった。

由弦はギュッと、その手を握りしめてあげる。

すると愛理沙は顔を耳まで真っ赤にし、顔を俯かせながら言った。

「あ、ありがとうございます。実は……手袋を忘れてきてしまって。ご迷惑をおかけします」

早口で言い繕いながら、チラチラと由弦の表情を窺《うかが》う。

その仕草は飼い主に構って欲しいがために、わざと悪戯《いたずら》をしたり、体調不良のフリをしたりする犬や猫のようだった。

実に白々しい。

だが本人は上手に〝演技〟できていると思っているのだろう。

そこが本当に……

「可愛いな」

「ふぇ？　な、何を言ってるんですか、急に⁉」

愛理沙は上擦った声を上げた。

どうやら、つい口に出してしまったようだ。

「いや、ごめん」

「……揶揄ってるんですか？」

もう！　酷い人です‼

と、そう言って愛理沙はプイッと頬を背けた。

怒っていますと、アピールする。

しかし由弦の手から、自分の手を離すつもりが全くなさそうな辺り……やはり〝演技〟であることは明白だった。

（……もう、〝告白〟はいらないな）

すでに由弦と愛理沙は恋人同士だった。

勿論、お互いに明確に好きだと好意を伝えたわけではない。

愛理沙からチョコレートを受け取った時、愛理沙は由弦に対して〝好き〟〝愛している〟とは決して言わなかった。

だから由弦もチョコレートの味の感想だけを伝え、決して返答はしなかった。

そもそも聞かれていないのだから、返答する理由はない。

しかし聞く必要もないし、直接口にする必要もない。

すでに手と手の温《ぬく》もりで、互いの好意と愛情は伝わっていた。

由弦は愛理沙のことを、恋人だとはっきり思っている。

そのことを直接言葉で伝えずとも、はっきりと態度と行動で愛理沙に示しているつもりだ。

そして愛理沙も直接的には言わずとも、はっきりと態度と行動で示してくれている。

ならば、〝告白〟は不要だ。

むしろ無粋と言えるかもしれない。

勿論……「愛している」「好きだ」とはっきりと口にすることは大切なのだが。

少なくとも、互いに「恋人同士になりましょう」と伝える必要はない。

もっとも……

〝プロポーズ〟は別だ。

「……」

由弦が黙ってしまったことに、不安になったのだろう。

怒っている演技は忘れてしまったのか、チラチラと由弦の表情を確認する。

怒らせてしまったかも……

と思っているのかもしれない。

もっとも、最初から由弦は愛理沙の可愛らしい演技は見抜いていたので、微笑ましいとは思っても、怒りは全く感じていないのだから、愛理沙の不安は杞憂《きゆう》と言える。

由弦が足を止めると、ますます愛理沙は不安そうな顔をした。

「あ、あの、由弦さ……」

「そろそろ、ホワイトデーだね」

由弦は愛理沙の言葉を遮るように、そう言った。

すると……

「は、はい！」

何故か、愛理沙は背筋をピンと伸ばした。

どうやら緊張しているらしい。

もっとも……

由弦の方も表情こそ平静を保っているが、心臓がうるさいほど鳴っていた。

「バレンタインの……お返しをしたいんだけどさ」

「はい」

「学校が終わったら、デートに行かない？　……夜景が綺麗だって、評判のレストランがあるんだ」

由弦がそう言うと、愛理沙は小さく頷いた。

「はい、大丈夫です。……その、お値段は？」

「それは俺が出すから、気にしないでくれ」

「え？　い、いや……でも……」

「その日だけは」

良い淀《よど》む愛理沙の言葉を、由弦は強い声で遮った。

ギュッと、愛理沙の手を強く握りしめる。

「俺に見栄《みえ》を張らせてもらえないだろうか？」

二人の間を、しばらくの沈黙が支配した。

ドクドクと、由弦の心臓が激しく鼓動する。

「……はい」

愛理沙は小さく頷いた。

※

ホワイトデー、当日。

由弦と愛理沙は学校が終わった後、一度家に帰り、支度をしてから待ち合わせることにした。

一足先に待ち合わせ場所についた由弦は、緊張しながら何度も腕時計を確認する。

（……今日のために積み重ねてきたんだ。よほどの馬鹿をやらない限り、そう酷いことにはならないだろう）

そんなことを何度も思いながら、待っていると……

携帯が鳴った。

メールを確認すると、そこには『後ろです』という文章が。

由弦が振り返ると……

「由弦さん、本日はよろしくお願いします」

そこにはとても美しい少女が立っていた。

ほんのりと化粧が施された肌は美しい乳白色で、そして唇はとても艶《つや》やかだ。

琥珀色《こはくいろ》の髪は大人ぽく、シニヨンに編み込まれていた。

青色のワンピースは袖がレースになっていて、彼女の白い肌が少しだけ透けている。

胸元には以前、由弦が愛理沙に贈ったネックレスが輝いていた。

彼女は……愛理沙は翡翠色の瞳を恥ずかしそうに伏せながら、由弦に言った。

「あ、あの……由弦さん？」

「……ああ、すまない。とても綺麗だったから、見惚《みと》れていたよ」

愛理沙は本当に美しかった。

その証拠に周囲の視線が愛理沙に集中している。

この子が自分の恋人であることを、由弦は誇りたい気持ちになった。

「ありがとうございます。あまりこういう服は着る機会がないので……良かったです」

そう言って愛理沙は微笑んだ。

それから仄かに赤らんだ顔で由弦を上目遣いに見上げる。

「由弦さんも、その、とても良くお似合いです……なんか、新鮮ですね、ネクタイ」

これから行くレストランはそれほど格式が高いわけではなく、〝平服〟であれば十分なのでネクタイは必須というわけではない。

が、由弦は気合いを入れるのも兼ねてネクタイを締めてきた。

由弦たちの高校の男子制服は学ランなので、ネクタイ姿の由弦を見るのは愛理沙にとっては初めてということになる。

「とても……大人っぽくて、カッコイイと思います」

「ありがとう」

由弦は少し照れくさい気持ちになった。

とはいえ、今日は由弦にとって非常に大事な日だ。

いつまでも浮かれているわけにはいかない。

「じゃあ、行こうか。愛理沙」

由弦はそう言って手を差し出した。

すると愛理沙は小さく頷き、由弦の手にそっと手を置いた。

「はい」

由弦が予約したレストランは、それなりに有名なホテルの中にある、フランス料理のレストランだった。

由弦と愛理沙は案内された個室に腰を下ろす。

「わぁ……綺麗ですね」

窓から見える夜景に、愛理沙は感嘆の声を上げた。

闇夜の中、キラキラと宝石のようにネオンが輝いている。

一先《ひとま》ず、気に入ってもらえたことに由弦はホッと胸を撫《な》で下《お》ろした。

「……あの、由弦さん」

「どうした？」

しかし安心したのも束《つか》の間《ま》。

気付くと愛理沙の表情には不安の色が浮かんでいた。

「ここ……その、もしかして、そこそこ、お高いんじゃないですか？」

「いや……そうでもないよ」

愛理沙の問いに由弦は首を左右に振った。

少なくとも〝高瀬川〟基準的には安い部類に入るレストランだ。

もっとも……由弦のバイト代的には、奮発した方だが。

「俺からのホワイトデーのプレゼントだと思って。……君にはいつも、弁当を作ってもらったりとか、いろいろお世話になっているから」

「ん……分かりました」

あまり遠慮したり、由弦の財布を心配したりしすぎるのも失礼になると思ったのだろう。

愛理沙は小さく頷いた。

そんな会話をしていると、ウェイターに飲み物を尋ねられる。

「どうする？　愛理沙」

「えっと……私、よく分からないので……」

「そうか」

由弦は少し考えてから答える。

ミネラルウォーターでも良いが、せっかくなら愛理沙には美味しい物を飲んでほしい。

「料理に合うカクテルを適当に……あぁ、もちろんノンアルコールの物を、よろしくお願いします」

由弦だけなら問題ないが、万が一にも愛理沙がアルコールを飲んで体調を崩すということがあってはならない。

もちろん、ちゃんとしたレストランである以上、アルコールを頼んだ場合は年齢確認をされるので、間違えて提供されるということはないが……

一応、念を押しておく。

さて、ウェイターが去ってから……愛理沙が小声で由弦に尋ねた。

「カクテルって、ノンアルコールのもあるんですか？」

「まあね。……有り体に言ってしまえば、ジュースだよ」

もっとも、正直なところ由弦はあまり詳しくはない。

愛理沙と比較すればこういう場所には慣れているかもしれないが、それでもまだ人生経験の浅い十六歳なのだ。

それに……専門家に任せた方が、最良の物が出てくる。

さて、そうこうしているうちに料理が運ばれてきた。

最初はアミューズ、つまりお通しだ。

「じゃあ、愛理沙」

「……はい」

二人でカクテルの入ったグラスを掲げ、軽く乾杯した。

それから二人は景色を眺めながら、料理に舌鼓を打った。

最高級、というほどではないにせよ高級レストランなだけあり、一品一品のレベルは高い。

「とても……美味しいですね」

そう言って愛理沙は目を細める。

口元が緩み、目尻が垂れ、表情が綻び……本当に可愛らしい。

「ここに来るのは初めてだけど、うん、美味しいね。評判通りだ。それとも、もしかしたら……」

「……もしかしたら？」

「君と一緒だから、美味しく感じるのかもしれないね」

由弦がそう言うと愛理沙は「お上手ですね」と嬉しそうに微笑んだ。

もっとも、由弦はお世辞のつもりで言ったわけではないのだが。

それから由弦と愛理沙は談笑しながら食事を続け……

最後にデザート、そして食後の珈琲《コーヒー》を口にした。

「でも、やっぱり……本職の方は凄《すご》いですね」

珈琲を飲みながら、しみじみと愛理沙はそう言った。

そこらへんのファミレスや喫茶店が相手ならば愛理沙の料理の方が美味しいと言えるが……さすがに高級フレンチには勝てない。

「そうだね。でも……俺は君の料理の方が、やっぱり好きだよ」

「またまた、お世辞を……」

「いや、本当だよ。……そもそも、こんなの毎日食べたら、胃もたれしちゃうじゃないか」

高い料理はたまに食べるから、美味しいのだ。

毎日食べるようなものではない。

家庭料理には家庭料理の良さがある。

「確かに……それもそうですね」

そして愛理沙は微笑み。

「じゃあ……これからも、頑張りますね」

「……ああ、これからも、よろしく頼むよ」

それから由弦は大きく、深呼吸をした。

背筋を伸ばし、愛理沙を見つめる。

唐突に改まった表情をした由弦に、愛理沙は不思議そうに首を傾《かし》げた。

「由弦さん？」

「……愛理沙。これからの話を、したいんだけど。良いかな」

由弦がそう言うと、愛理沙は表情を強張《こわば》らせた。

そして慌てた様子でピンと背筋を張った。

「は、はい……何でしょう」

「俺と君は……その、〝婚約〟をしているだろう？　……偽物の」

「そう、ですね。はい……由弦さんには、お世話になっています」

愛理沙はそう言って頷いた。

そんな彼女の表情には緊張の色が見て取れた。

……あまり回りくどい言い方をして、徒《いたずら》に彼女を不安にさせるのは良くない。

由弦は覚悟を決め、立ち上がった。

席を立ち、愛理沙の下まで歩み寄る。

「え、えっと……」

「愛理沙。君との……今まで続けてきた、この、嘘の〝婚約〟を、取り消したいと思っている」

由弦の言葉に愛理沙は大きく目を見開いた。

そして由弦は片膝を突き、ポケットから小さな箱を取り出した。

赤い箱を愛理沙に向けて、静かに開けた。

「そして君と……改めて、正式に婚約したい」

その美しい宝石のような瞳を見開いたまま、固まっている愛理沙に対し、由弦はそう言い切った。

※

その瞬間は……由弦にとって、永遠に感じられた。

沈黙が場を支配する。

まるで時が静止したようだった。

二人の心臓の音だけが、時を刻んでいる。

「……はい」

小さな声が静寂を破った。

そして愛理沙はその唇を動かし、はっきりと由弦の想いに答えた。

「喜んで！」

そう言うや否や、愛理沙は椅子から崩れ落ちるように由弦に抱き着いた。

慌てて、由弦は愛理沙を受け止める。

〝婚約者〟、否、婚約者の体はとても柔らかく、温かかった。

「遅いですよ……由弦さん」

「すまない。……君を喜ばせようと思って。許してもらえないかな？」

「はい。……許してあげます。本当に、最高の、プロポーズです」

そう言って愛理沙は僅かに身を引いて、由弦にその表情を見せてくれた。

翡翠色の瞳には涙が浮かんでいた。

「由弦さん、好きです」

「知っている。……愛している、愛理沙」

「はい。知っています……私も、愛しています」

初めて二人は抱いていた想いを口にし、確かめ合った。

そして再び互いに抱き合う。

互いの熱を、柔らかさを、より深く感じられるように。

想いを、好意を、愛を確かめ合うように。

絶対に離さないと、縛り合うように。

強く、強く、両手で互いの体を寄せあった。

それは砂糖水のように、甘く、蕩《とろ》けた時間だった。

永遠にその甘露に浸《つ》かっていたい。

願わくば、二人だけの世界で……永遠に。

……しかし、そういうわけにはいかない。

「愛理沙、立てるか？」

「……はい」

先に立ち上がった由弦は婚約者の手を優しく取った。

愛理沙は婚約者から差し出された手を取り、ゆっくりと立ち上がった。

二人の顔は熱に浮かされたように、紅潮していた。

「その、由弦さん。……お願い、できますか？」

そう言って愛理沙は左手を差し出した。

由弦はその手を取った。

そして白く、細く、綺麗な薬指に……指輪を嵌《は》めた。

「……結婚しよう、愛理沙。絶対に君を幸せにする」

改めて由弦は愛理沙にそう告げた。

愛理沙は笑みを浮かべ、大きく頷いた。

「はい！　よろしくお願いします!!」

由弦の想いを愛理沙は受け入れた。


帰り道。

いつもの通り、由弦は愛理沙を彼女の家まで送っていった。

いつもと違うのは、二人の関係が偽物の〝婚約者〟から普通の婚約者へと変わったことだけだ。

「何かあるだろうなと、思っていましたけれど……まさかプロポーズをしてくれるなんて、思っていませんでした」

弾むような足取りで、明るい声で愛理沙はそう言った。

まだ興奮が冷めないのか、その白い肌は僅かに赤い。

「喜んでもらえて、何よりだよ。……ほら、前、言ってただろ？　ロマンティックな告白が良いって……頑張ったつもりだけど、どうだったかな？」

「最高でした」

愛理沙は嬉しそうに後ろで手を組みながら、振り返って言った。

花が咲いたような、満面の笑みだった。

（あぁ……これが見たかったんだ）

頑張った甲斐《かい》があった。

自然と自分の表情が柔らかくなるのを、由弦は感じた。

「……ところで、由弦さん」

「どうした？　愛理沙」

「いくら、使いました？」

真剣な表情で。

愛理沙は由弦の顔を覗《のぞ》き込《こ》みながらそう言った。

先程と異なり、愛理沙の声音が少し変わっていることに由弦は気付いた。

「え？　いや……君が気にすることじゃ……」

「私、由弦さんの婚約者ですよ？」

そう言って愛理沙は由弦に詰め寄った。

「あなたが何に、いくら使ったか、それを知る権利はあります。特に……私に関係することであれば、尚更《なおさら》です。違いますか？」

「……それも、そうだね」

由弦は頬を掻きながら……

その値段を伝えた。

「あー、――万円くらい？」

「……」

「いや、安心してくれ。ちゃんと俺のバイト代で……」

「由弦さん……」

ポカッと。

愛理沙は由弦の頭を軽く叩いた。

愛理沙は呆《あき》れ顔《がお》をしていた。

「高校生が出して良い金額じゃないでしょ……何を考えているんですか」

「いや、思った以上に婚約指輪が高くて……」

「それは……嬉しかったのは本当ですけれど、でも、他にも、あったじゃないですか。ほら、薔薇《ばら》とか……何も、ダイヤモンドの婚約指輪を買わなくても……」

呆れ顔で愛理沙はそう言った。

そんな愛理沙に対し、由弦は言い繕う。

「ほら、君は前……言ってただろ。……五大ジュエラーが云々《うんぬん》って」

「あ、あれを鵜《う》呑《の》みにしたんですか？　い、いえ……覚えていてくれたのは、嬉しいですけれど」

由弦の言葉に対し、愛理沙は恥ずかしそうに髪を弄《いじ》りながらそう言った。

ブランド品が好きという、割と俗っぽい趣味嗜《し》好《こう》を恥じている様子だ。

「というか、それ、本当に——万円で足りたんですか？」

「まあ、安い物なら……と言っても、品質は悪くないと思うよ」

「それは見れば分かります。……本当に、ありがとうございます」

そう言って愛理沙は嬉しそうに薬指の指輪を見た。

口元が僅かに緩み……有り体に言ってしまえばにやけている。

何だかんだでブランド品を貰えて喜んでいるようだった。

「でも、由弦さん」

しかしすぐに愛理沙はそのニヤけた表情を引き締めた。

腰に手を当て、いかにも怒っていますという表情で由弦の顔を覗き込む。

「もう、あまり無理はしないでくださいね？」

「君のためなら……」

「その気持ちは嬉しいですけれど、それを許すと、あなたは際限がなくなりそうじゃないですか！」

確かに、愛理沙のためならばと思うと、うん十万円を出すことに一切の躊躇はなかった。

むしろ安い金額だなと、そう思ってしまった。

「由弦さんの、その好意は嬉しいですけれど……その、お金は有限ですし。それに何より……私が堕落してしまいそうなので……」

「まあ、確かに。君におねだりされたら、俺は断れないな」

「それですよ、それ！　断ってください!!　……その、由弦さんはもしかしたら、私のことをしっかり者だとか、清貧なタイプだとか思っているかもしれませんけれど、多分、油断しちゃうと、お財布の紐《ひも》が緩くなっちゃうタイプなので……」

恥ずかしそうに愛理沙は目を伏せながら言った。

とはいえ、由弦は愛理沙のことを「しっかり者」とは思っているが、清貧な人間だとは思っていなかった。

なぜなら……

「まあ、君は割とブランド物とか、高い物が好きだしな」

「うっ……や、やめてくださいよ。そういうの、はっきり言うのは……」

「別に恥ずかしがることでもないだろう。うちの妹や母親は、ブランド品大好きだぞ」

いわゆる〝お金持ち〟に該当する高瀬川家の面々は相応に浪費家である。

興味のない物に関しては大してお金は使わないが、逆に好きな物に関しては「値札を見る」ことすらしないのが、由弦の妹と母親だ。

そして妹や母親の衣服代に文句を言っている父親も、乗りもしない外車を買ったりする。

車なんてワゴン車で十分だろうと内心思っている由弦も、誕生日には相応の腕時計を要求したりする。

飼っている四頭の犬も、相当な金食い虫だ。

由弦の幼馴染みである亜夜香や千春も、服や装飾品には相当な金を使っている。

と、まあ別に由弦にとって愛理沙のブランド品好きは〝可愛らしい〟部類だ。

むしろ当然の欲求だと思う。

「や、やめてください……私、あなたとの結婚生活で唯一の不安が、それなんですよ。使おうと思った時に、使えるお金があるというのは、本当に危険です」

「……まあ、君がそこまで言うなら。と言っても、結婚はどんなに早くても高校卒業後……まだ先の話だけれどね」

高校在学中に結婚するのは、世間体が良くない。

一般常識に照らし合わせれば、最低でも高校卒業後、場合によっては大学卒業後だろう。

「それもそうですね。……少し気が早すぎました」

愛理沙は恥ずかしそうに笑った。

由弦も思わず笑みを浮かべる。

二人は手を繋《つな》ぎながら、夜道を歩く。

永遠に二人の時間が続けば良いのに。

二人はそう思ったが……しかし歩みを進めるほどに、別れの時は近づいてくる。

「由弦さん。この婚約については……養父に話しても？」

自分の自宅の前で愛理沙は由弦にそう尋ねた。

由弦は大きく頷いた。

「勿論。俺が本気で君を愛していて、結婚したいと思っていることを……お父さんに伝えてくれ。俺も……父にそのことを伝えるから」

今までは一応、由弦と愛理沙は公式的には仮の婚約者という扱いだった。

だが由弦は二人の関係を、正式な婚約者へと、格上げしてもらうつもりでいた。

そうすればこれから積極的に愛理沙を、高瀬川家の親戚や取引関係者に会わせることになるし……
由弦が公の場に出る時は、愛理沙もパートナーとして呼ばれることになる。
まさしく、名実ともに由弦と愛理沙は婚約者になるのだ。
「分かりました。では、由弦さん……また、明日。学校で」
「ああ、じゃあね」
そして最後に二人は別れを惜しむように、抱きしめ合った。
互いの体温を、想いを、しっかりと刻み合った。
もちろん、婚約を交わしたからといって、二人の関係が劇的に変わるわけではない。
ただ、偽の〝婚約者〟が婚約者へと変わっただけ。
おそらく、これからも似たような日々が続くことだろう。
しかしそれでも……
二人の関係は大きく前に進んだのだった。

epilogue
エピローグ

「ただいま、戻りました」

由弦《ゆづる》と別れた愛理沙《ありさ》は少しだけ浮かれた気分のまま、扉を開けて自宅に入った。

少し前までは家に帰るのは少し憂鬱だったが……しかし今はそうでもない。

養母からの暴力がなくなり、そして嫌味《いやみ》の数も減ったからだ。

おそらく由弦を、厳密には高瀬川《たかせがわ》家《け》の不興を買うことを恐れてのことだろう。

養母は愛理沙と由弦の婚約を気に食わないと思っているが、しかし自分の夫の仕事のためには致し方がないと理性の上では分かっているのだ。

よって、もし愛理沙にとって嫌なことがあるとすれば……

「お帰り、愛理沙！」

「……はい」

愛理沙の帰宅に、真っ先に反応して駆け寄ってきた男。

天城《あまぎ》大翔《はると》だ。

今、彼は大学が春季休暇中ということもあり家に帰って来ているのだ。

「何か、されなかったか？」

さて、何を勘違いしているのか。

この従兄《いとこ》は愛理沙が由弦のことを嫌っていて、結婚を望んでいないと思い込んでいるようだった。

……愛理沙が結婚を、お見合い結婚を望んでいなかったのは確かな事実なので、その点は別に否定はしない。

しかしそれは過去の話であり、今、愛理沙は由弦に対して強い好意を持っていて、結婚したいと心の底から思っている。

だから彼の心配は的外れなのだ。

もっとも……何度それを説明しても、聞く耳を持たない。

だから愛理沙はもう、諦めてしまった。

「別に……普通の食事でしたよ」

何かされたか？

と聞かれれば、確かにされた。

そう、プロポーズをだ。

愛理沙は少しニヤけそうになる口元を押さえながら、冷淡に大翔に返した。

由弦にプロポーズをしてもらったことを、大翔に話しても仕方がない。

愛理沙が真に話さなければならない相手は、養父である天城直樹《なおき》だ。

今日は帰って来ているだろうか？

と、そう思いながら愛理沙は靴を脱ぎ、家へと上がる。

すると……

「帰ってきたか、愛理沙」

「はい。……ただいま帰りました」

直樹が愛理沙を出迎えてくれた。

珍しいことがあるものだと愛理沙が思っていると……

「……愛理沙。少し話がある」

何となく、嫌な予感がした。

この予感は……かつて、直樹の方から「お見合いに興味はないか？」と聞かれた時と同じ物だった。

「……はい。分かりました」

しかし拒絶するわけにもいかない。

愛理沙は小さく頷《うなず》くのだった。

リビングにはすでに愛理沙の養母と、従妹《いとこ》の芽衣《めい》が揃《そろ》っていた。

二人とも揃ってテーブルを囲み、お茶を飲んでいる。

どうやらこの二人も交えての話らしい。

(何の話だろう……こんな、家族全員揃って……)

愛理沙は言いようもない不安に駆られた。

ギュッと、薬指に嵌《は》められた指輪を愛理沙は握りしめた。

「愛理沙が帰ってきたことだし、本題に入ろう。……愛理沙と由弦君の、婚約のことだ」

ドキッと愛理沙の心臓が跳ね上がる。

嫌な汗が背中を伝うのを、愛理沙は感じた。

「愛理沙」

直樹に名前を呼ばれた愛理沙は、背筋をピンと伸ばす。

「……はい。何ですか?」

「前にも言った通りだが……私はお前に結婚を強要するつもりはない。だから嫌なら、この婚約を白紙にすることも可能だ」

どうして……そんなことを今更、言うようになったのだろうか?

愛理沙の脳裏に、次々と嫌な想像が浮かぶ。

もしかして……直樹は愛理沙と由弦の結婚に対して、反対の立場になったのではないかと。

　やはり養子である自分ではなく、実子である芽衣と結婚させたくなったのではないかと。

「……別に嫌ではありません。それに白紙にしたら……由弦さんや、高瀬川家の皆様に迷惑が掛かるのではありませんか？　直樹さんにも、迷惑が……」

「確かに望ましいこととは言えないが、今なら間に合う。正式な婚約ではなく、仮の婚約だからだ。それに……」

　直樹は自分の娘、愛理沙の従妹である芽衣に視線を向けた。

　小学六年生の彼女は小さく頷いた。

「もし愛理沙さんが難しいというのであれば、私がいますから」

　芽衣は淡々とそう答えた。

　そして芽衣の言葉に同調するように……どこか嬉《うれ》しそうに天城絵美《えみ》——愛理沙の養母——は手を叩《たた》いた。

「高瀬川さんとしても、養子である愛理沙さんよりも芽衣の方が都合が良いでしょう」

　そう言って彼女は愛理沙を見た。

　強い敵意の籠《こ》もった視線に、愛理沙は思わず身を竦《すく》めた。

「愛理沙。嫌なら嫌と言って、良いんだよ」

　優しい猫撫《ねこな》で声《ごえ》で大翔は言った。

しかし愛理沙の耳に彼の声は聞こえていなかった。

(な、何これ……どういう、ことなの？)

幸福の頂点から。

絶望の谷底へ。

真っ逆さまに叩き落とされたような気分だった。

全く、事態が飲み込めない。

ただ、分かるのは……このままだと愛理沙は由弦と結婚できないということだ。

「……い、いいえ、本当に、大丈夫ですから。その、それに……一年続いた婚約を破棄するのは、やはり迷惑が掛かりますし。な、何より、芽衣ちゃんが私の代わりというのは、良くないと……」

必死に愛理沙は由弦と自分の婚約を破棄するべきではない理由を探す。

そして芽衣を犠牲にするわけにはいかないと、主張する。

だが……

「私は構いません」

芽衣ははっきりと、そう口にした。

思わず愛理沙は口を噤《つぐ》んでしまった。

芽衣が構わないと言う以上、由弦との結婚が愛理沙でなければならない理由はない。

「写真でしか見たことがありませんが、高瀬川さんはとてもカッコ良い方ですし、それに……お金持ちという話ですから。不満はありません。……勿論《もちろん》、愛理沙さんが高瀬川さんのことが〝好き〟で、本当に〝結婚したい〟と思っているならば話は別です。……愛理沙さんの想い人《おもびと》を取るのは本意ではありません」

芽衣はそう言って愛理沙に目配せした。

好きなのか、好きではないのか。結婚したいのか、したくないのか。

いい加減、はっきりしろ。

そう言っているようだった。

「で、でも……由弦さんは、私のことが好きみたいですし。やっぱり、私でなければ務まらないと思うんです！」

愛理沙を指名してきたのは高瀬川由弦。

由弦は愛理沙にゾッコンであり、結婚したいと思っている。

愛理沙は自分にとっての最大の武器を振りかざした。

芽衣では代役は務まらない、と。

だが……

「そんな理由、おかしいだろ！」

そう言って声を荒らげたのは大翔だった。

「あいつ……由弦君が、愛理沙のことが好きだからって、愛理沙が彼に合わせる必要はないし、結婚しなければならない理由もない！　……別に愛理沙でなければいけないわけじゃないんでしょう？　お父さん」

大翔の問いに直樹は頷いた。

「そうだな。……少なくとも、高瀬川家としては愛理沙でなければならない理由はないだろう。由弦君には……まあ、申し訳ないが、しかし愛理沙が嫌だというのであれば、強要することはできない。……少なくとも私は、愛理沙に無理強いするつもりはない。先方も理解してくれるだろう。……理解してもらえるように説得するつもりだ」

少しずつ。

まるで詰め将棋のように。

愛理沙は逃げ道が、由弦との幸福な結婚生活への道が、塞がれていくのを感じた。

「わ、私は……」

何か、言わなければ。

言わなければ、このままでは本当に由弦を従妹に取られてしまう。

愛理沙は顔を真っ青にさせ、震えながら声を上げようとするが……

「愛理沙、安心しろ。大丈夫だ……みんな、君に結婚を強要するつもりはない。正直に言って良いんだ」

愛理沙の声は大翔によって妨げられてしまった。

どうしたら良いのか分からなくなった愛理沙は、無言で俯《うつむ》いてしまった。

「……では、そういうことで話を進める。良いな？」

念押しをするように直樹は愛理沙にそう尋ねた。

頭が真っ白になった愛理沙は何も答えることができなかった。

「では、話は終わりだ」

そう言って直樹は立ち上がった。

それを皮きりに絵美は嬉しそうに、大翔はどこか安心したように、そして芽衣は……呆《あき》れた表情で。

ソファーから立ち上がった。

愛理沙はただ、ソファーに座って俯いて……

「嫌、です……」

愛理沙はその言葉を、どうにか振り絞った。

その場から立ち去ろうとした直樹の動きが止まった。

※

「嫌、です……」

その言葉を振り絞ると、家族の視線が愛理沙に突き刺さった。

愛理沙は思わず身を竦め、恐怖したが……

(由弦さん……!)

ギュッと、婚約指輪を握りしめる。

形として存在する、由弦からの確かな愛情を確かめる。

「嫌……そうだよね、愛理沙。結婚なんて……」

「そっちじゃないです」

愛理沙は大翔の言葉を遮った。

そしてはっきりとした声で愛理沙は言った。

「由弦さんとの婚約を白紙にするのは、嫌です!!」

その言葉に対する各々の反応は様々だった。

絵美は苛立《いらだ》たし気《げ》に表情を歪《ゆが》め、芽衣は小さな笑みを浮かべ、直樹は驚きで目を見開き、
大翔は……

「あ、愛理沙？　何を言うんだ……別に君が無理をする必要は……」

「うるさい！　……外野は黙っていてください」

「が、外……」

愛理沙からの思わぬ暴言にたじろぐ大翔を無視し、愛理沙は直樹に向き直った。

その翡翠色《ひすいいろ》の瞳に涙を溜めながら、愛理沙は強い口調で直樹に言った。

「私は由弦さんと、結婚したいです。……あなたがダメと言っても、私は絶対に、由弦さんと結婚します!!」

恐怖を堪えながら、愛理沙は直樹にはっきりと自分の気持ちを伝えた。

直樹に向かって自分の意見を口にするのは、怖かった。

しかしそれ以上に……由弦との関係を引き裂かれる方が怖かった。

「この子は、この期に及んでまだ我《わ》が儘《まま》を！」

怒りに声を震わせながら、絵美が愛理沙に近づいていく。

一方の愛理沙は……涙目で絵美を睨《にら》みつけた。

愛理沙の思わぬ反抗に絵美の足が止まる。

普段の愛理沙ならば、無言で顔を下に向け、されるがままになっているはずだからだ。

「こ、この子は……その目は……」

「やめろ」

そこで我に返ったのか、直樹が慌てて絵美を止めた。

強い手で絵美の腕を強引に摑《つか》む。

そして絵美を睨みつけた。

「愛理沙に当たるなと、何度も言ってきたはずだが……分からないか？」

「……いえ、すみません」

「それは愛理沙に言え」

直樹の言葉に絵美は不快そうに表情を歪めた。

しかし夫の言葉には逆らえないのか、愛理沙の方へ向き直った。

「……ついカッとなったわ。ごめんなさい」

「……いえ、構いません」

全く気持ちの籠もっていない謝罪を、愛理沙は軽く流した。

今は彼女の相手をしている暇はないからだ。

「直樹さん……私は、由弦さんのことが好きです。愛しています。結婚したいと、心の底から思っています」

そう言って愛理沙は自分の左手を見せた。

薬指に光る、婚約指輪を。

直樹は再び、あまりの驚きからか目を見開いた。

直樹だけではない。

絵美もまた口元を押さえた。

そして大翔は……ショックからか、体を石のように硬直させた。

「由弦さんが、今日、くれました。正式に婚約をしようと、プロポーズしてくれました。

私はそれを……受け入れました」

愛理沙はそう言って僅かに頰《ほお》を赤らめた。

思わず口元が緩み、ニヤけそうになるが……しかし今は惚気《のろけ》ている場合ではない。

「確かに……お見合いを嫌だと、そう思っていたのは事実です。高校生で婚約なんて、考えられないと……そう思っていました。でも、今は違います。私は由弦さんのことが好きです。彼と結婚したいと思っています。……どうか、お願いします。私と由弦さんの結婚を認めてください」

そう言って愛理沙は直樹に深々と頭を下げた。

直樹は……無言だった。

ダメと言われたらどうしよう。怒られたらどうしよう。

言いようもない不安が愛理沙を襲う。

破裂するのではないかと思うほど、心臓が激しく高鳴る。

「……久しぶり、だな」

愛理沙は顔を上げた。

直樹は……愛理沙の想像とは異なり、非常に穏やかな表情を浮かべていた。

どこか、嬉しそうに見える。

「えっと、それは……」

「いや、すまない。……お前がはっきりと、意見を口にしたのは久しぶりだなと、少し驚いただけだ」

直樹はそう言ってから……ゆっくりと腰を折った。

愛理沙は最初、直樹が何をしているのか分からなかった。

そう、直樹は……

愛理沙に対して頭を下げたのだ。

「すまない。お前に見合いを強要していることに、気付かなかった」

「え、ええ!?　えっと……そ、その、や、やめてください……あ、頭をあげてください！」

普段とはまるで異なる直樹の態度に愛理沙は困惑した。

愛理沙の中での直樹は……良くも悪くも威厳のある、家では絶対の力を持った〝父親〟なのだ。

「もっと、話し合うべきだったな。私が愚かだった。許してくれ」

「わ、分かりました……その、許しますから……」

頭を上げてください。

と、愛理沙が言うと直樹はゆっくりと、頭を上げた。

「私としてはお前に結婚を強要するのは、本意ではない。その上で聞くが……お前は由弦君との結婚を、望んでいるんだな？」

「はい」

直樹の問いに愛理沙ははっきりと答えた。

じっと、直樹を正面から見つめる。

なるほど、と直樹は静かに頷いた。

「分かった。ならば……父親として、お前の恋を応援しよう」

直樹の言葉に愛理沙は思わず頬を赤らめ、目を逸《そ》らした。

由弦への愛を大きな声で語ってしまったことが、今更ながら恥ずかしく思えてきたのだ。

「こ、恋だなんて……」

「ん？　……違うのか？」

「ち、違いません！」

首を傾《かし》げる直樹に対し、愛理沙は顔を真っ赤にしながら大声で言った。

それから直樹に対し、はっきりと自分の意思を伝える。

「高瀬川家に、高瀬川さんに、私と由弦さんの婚約を本格的に進めて欲しいと、伝えてください」

愛理沙の言葉に、直樹は大きく頷いた。

かくして……愛理沙と由弦の婚約は、正式に天城家に認められたのだった。

「ふーん、やっぱりラブラブじゃん。愛理沙さん。全く、最初からそう言えば良いのに。

……末永く爆発してね」

「や、やめてください、芽衣ちゃん！　揶揄《からか》わないで！」

※

さて、それからしばらく……一週間ほどの時間が過ぎた後のこと。

愛理沙の部屋のドアを何者かがノックした。

「はい、何でしょうか？」

芽衣ちゃんかな？　と思いながら愛理沙がドアを開けると……

「な、直樹さん……」

そこには天城直樹が立っていた。

かつてほどの恐怖はない……にしても、あまり得意な相手ではない。

不愛想で何を考えているか分からないからだ。

「由弦君との婚約の件について、本格的に進めていくことに改めて合意した。よほどのことがない限り――というのは、お前たちが心変わりでもしない限りという意味だが――そういうことにならない限りは婚約破棄ということにはならないだろう」

淡々と天城直樹はそう言った。

いつもの感情の込められていない、抑揚のない声ではあるが……彼なりに精一杯、優しく言おうとしているのか……な？　と愛理沙は少しだけ思った。

「……それであらためて話をしたいのだが、良いだろうか？」

「話、ですか？　……えっと、何でしょうか？」

「まあ、その……いろいろ、だな」

そう言って天城直樹は一瞬、僅かに目を泳がせてから……

「あぁ……いや、少なくともお前にとって不利益になるような話ではない」

慌てて言い繕うように言った。

いつもと微妙に雰囲気が違う直樹に愛理沙は戸惑いつつも……

「は、はぁ……いえ、構いませんが……」

頷き、直樹と共にダイニングへと向かった。

促されるままに愛理沙が椅子に座ると、直樹もまたテーブルを挟むようにして、愛理沙の正面に座った。

「……少し長い話になる」

直樹はそう言うと、用意してあった愛理沙の湯呑《ゆの》みにお茶を注いだ。

おずおずと、愛理沙は小さく会釈をする。

「え、えっと……それでお話とは？」

「そう、だな……」

天城直樹は腕を組み、目を瞑《つぶ》り……しばらく考えに耽《ふけ》る様子を見せてからゆっくりと語り始めた。

それは随分と昔の話……愛理沙の両親が亡くなった頃の話だった。

当時、愛理沙を誰が引き取るのかという話で少し揉《も》めたそうだ。

まず、愛理沙の父方の祖父母――つまり雪城家《ゆきしろけ》――はどちらも亡くなっていた。

母方の祖父母は健在ではあったが、その二人は自分の娘――つまり愛理沙の母と天城絵美――が嫁いだのを機に、ロシアに移住していた。

よって、愛理沙をロシアの祖父母の家に預けるか、それとも、天城家が引き取るかの二択だったのだ。

そして天城直樹の本音としては、引き取りたいと思っていなかった。

だが……

「……絵美に引き取りたいと。異国の地に行かせるのは可哀想《かわいそう》だと、そう言われてな」

「……へぇ」

どうして私の血縁者である絵美に嫌われているのに、この家に引き取られたのだろうか？

と、常々思っていた愛理沙にとっては少し意外な答えであった。

しかし思い返してみると、「日本で伯母《おば》さんと暮らすか、ロシアでお爺《じい》ちゃんたちと暮らすか、どっちが良い？」と、そんな問いを投げかけられたような……気がする。

今、ここにいるということは前者を愛理沙は選んだのだ。

「引き取る条件として……子育てに関しては絵美に一任した。……まあ、それが良くなかったのだろう。結果的に三人の子育てを全て、絵美に押し付けてしまった。私がもう少し気を配っていれば、また変わっただろう……」

「……」

愛理沙は無言で俯いた。

愛理沙は天城絵美が嫌いである。好きになるはずがない。

いろんなトラウマも、今の内向的になってしまった性格も、全て彼女のせいだと思っている。

しかし今にして思えば、であるが、昔の愛理沙の性格は良くなかった。

　というと今は良いかのように思えるが、少なくとも当時は遠慮や取り繕うということを知らなかった。

　我が儘を言う、ダダを捏《こ》ねる、好き嫌いをする、料理に文句を言う、マナーも悪い……そういう意味で全く躾《しつけ》のなっていない子だった。

　だからそういうことを加味すると、内罰的な性格の愛理沙は自分にも悪い面があったと思ってしまう。

　絵美の方が引き取ると、最初にそう言ったと聞かされた後は余計に。

　最初は可哀想な子として見ていたが、我が儘放題の愛理沙を躾けているうちに、大嫌いだった妹と重ねて見てしまい……

　と、そういう絵美の心理は想像できる。

　もちろん、だからといって天城絵美のことは嫌いなままだし、好きになるはずもないが。

「気が付いた時にはもう遅かった。だが……引き取った以上はお前を幸せにしなければいけないという、義務感もあった。同時にこの天城家を立て直さなければならないという責務もあった。だから……その両方を満たせるような縁談を……お見合いを、お前に勧めてしまった」

　家柄の良い相手と愛理沙の婚約が決まれば、愛理沙の将来は安泰だ。

　そして天城家としても有力者と繫《つな》がりができれば、大きなメリットがある。

そんな両方を満たせる〝政略結婚〟は、当時の直樹にとっては最良の手段のように思えた。

だから愛理沙に提案してしまったのだ。

お見合いを受けてみないか？　と。

「もちろん……お前に強制するつもりはなかった。時間は十分にあり、急ぐ理由はない。気に入った相手がいなければ、それはそれで良い。そもそもお前が嫌だと、面倒だと言うのであれば、縁談は取《と》り止《や》めにするつもりでもいた」

「そう……でしたか」

なるほどと、愛理沙は頷いた。

今にして思えば、愛理沙が何度も縁談を断っても、直樹は怒らなかった。

もちろん、直樹は表情の変化が乏しいので、愛理沙の目には「不機嫌そうにしている」ように見えたのだが。

「お前が受けると答えてくれたので、お前も望んでいるのだと、勘違いしていた。愚かなことだ。お前の立場であれば、断れるはずがないというのに。そもそも十五歳の女の子がお見合いなど……したいと思うはずがないと、冷静に考えれば気付くはずだったのだが……」

大翔にそう言われるまで、気が付かなかった……と直樹は語った。

直樹の話によると、大翔が小林翔太《ストーカー》を唆《けしか》けた件について高瀬川家から抗議を受けたそうだ。

そして抗議の通りに大翔を叱ったところ、そのようなことを言われた……という話だった。

つまり直樹が唐突に「もしかして婚約は嫌なのか？　嫌なら取り止めにする」と言い出したのは全て大翔の言葉が原因だったのだ。

本当に余計なことしかしないと、愛理沙は内心で舌打ちをする。

「お前にはもう、好きな人がいたのにな。お見合いなど、嫌で仕方がなかっただろうに……」

「……え？　好きな人？」

「由弦君のことだ。好きだったから……彼との縁談は受けたのだろう？」

「え？　あっ、それは、その……」

愛理沙は思わず目を泳がせた。

正直なところ当時は好きではなかったので、そういう意味では大翔の言葉は「今更すぎる」だけで「間違ってはいない」のだ。

愛理沙は少し迷ってから……しかしこれだけ正直に話してくれている養父に嘘《うそ》をつくことはできず……

「実はその……」

偽装婚約について話してしまった。

一方、真実を知った直樹は驚いた様子で目を見開き……それから肩を落とした。

「そ、そうか……そうだったのか。そこまで追い詰めてしまっていたとは……」

「い、いいえ……いや、その……結果的にはその、由弦さんのことが好きになったわけで。結果オーライというか……ゆ、由弦さんとの縁談を用意してくださったことには、本当に感謝していますから……」

もし、お見合いがなかったら愛理沙は由弦と親しくなれなかっただろうし、恋仲など不可能だっただろう。

亜夜香《あやか》や千春《ちはる》、天香《てんか》のような友人もできなかった。

きっと、今でも〝仲良し女子グループ〟の中で小さくなり、ビクビクしながら高校生活を送っていたのだ。

「その、お見合いそのものも、良い人生経験にもなったので……」

「そう言ってもらえるのは嬉しいことだが……」

直樹はそう言ってから、深々と頭を下げた。

「本当にすまなかった」

「は、はい……」

そんなことないですよ。と、そういう趣旨の言葉を言ったとしても押し問答になるだけだと判断した愛理沙は素直に謝罪を受け取ることにした。

「罪滅ぼしになるかどうか分からないが……お前と由弦君の恋については、全力で応援する。協力できることなら、何でもしよう。何かできることはあるか？」

「え？　で、できること……ですか？」

愛理沙の直樹に対する印象の誤解は解けた。少なくとも今は怖い人だとは思っていない。

だがそれを抜きにしても、おじさんに協力できることなど何もない。

「その、恋は自分の力で実らせるものだと思っているので……」

「そうか……では、それ以外で何かできることはあるか？」

「それ以外、ですか？　……そうですね」

とりあえず何かを言わないと引き下がらないだろうと考えた愛理沙は少し考え込み……

そしてふと、日頃から常々思っていたことを思い出す。

「直樹さん……だけでなく、この家全体に関することですが、いいですか？」

「ふむ、何でも言ってくれ」

「食器は自分で片づけて自分で洗ってください」

「わ、分かった」

「あと、これは男性陣限定ですが……トイレは座ってしてください。立ってしないでください。それと……お風呂掃除とトイレ掃除は私と絵美さんで回していますが、大翔さんにも家にいるうちはやらせてください。どうせ、暇なんだから。あと芽衣ちゃんももうそろそろ中学生ですし、家の手伝いをやるように言ってください。直樹さんも暇な時はトイレ掃除くらいはしてくださ い。それから……」

「……」

かくして天城家のルールは大きく改訂されたのであった。

※

春季休暇。

由弦は実家に帰っていた。

寝間着代わりの和装に身を包んだ由弦が縁側を歩いていると……

「月見酒か？　父さん」

「ああ、今夜は月が綺麗《きれい》だったからね」

グラスを手に掲げながらそう答えたのは、由弦の父。

高瀬川和弥《かずや》だ。

ガラス製のコップの中には黄金に光る酒が入っている。

クォーターである彼が和装で縁側に腰を掛けて酒を飲んでいる姿は……不思議と様になっていた。

「月見酒なら、日本酒じゃないか？」

由弦は和弥の隣に腰を掛けながら、そう言った。

すると和弥は少し拗《す》ねたような口調で返した。

「良いじゃないか。俺はこっちの方が好きなんだ」

そういう和弥が肴《さかな》にしているのは、つい数時間前に由弦も食べた里芋の煮物……夕食の残り物であった。

「ウィスキーの肴に、煮物とは」

「飲むなら残り物を消費してって言われてね……」

「はは……」

父親に対して夕食の残り物を押し付ける母親の姿が脳裏に浮かんだ。

和弥は決して妻――彩由《さより》――に頭が上がらないというわけではなく、むしろ彩由は和弥を立てているくらいなのだが……

こういう時は強く主張できないようだ。

「今、時間はあるかい？」

「まあ……暇、かな？」

「じゃあ、少し話をしよう。君もここに座りなさい」

和弥はそう言うと、自分が使っていたグラスとは別のグラスを取り出し……そこにミネラルウォーターを注いだ。

由弦が腰を下ろすのと同時に、和弥は話し始めた。

「愛理沙さんに婚約指輪を贈ったそうだね。天城さんから聞いたよ」

和弥はそう言ってから、苦笑する。

「それなりに良い物を贈ったそうじゃないか。……大変だったんじゃないか？」

「いや、まあ……それでも婚約指輪として渡すなら、ちゃんとした物が良いかなと思ってさ」

「ふむ、まあ……大事なのは気持ちだが、プレゼントの質や労力は、気持ちの指標にはなるからね」

和弥は目を細め、それから由弦に尋ねる。

「ところで念のために聞いておくけれど……ちゃんと〝高瀬川家〟として正式な婚約指輪を買うことになるのは、分かっているよね？」

「それは、まあ……勿論。愛理沙も婚約指輪は自分で選びたいだろうし。あれは……プロポーズリングのつもりで贈ったよ」

由弦がそう答えると、和弥は満足そうに頷いた。

「分かっているならば、結構。……仮にも高瀬川の後継者ともあろう者が、そこらの既製品を婚約者に贈ったというのは、あまり良くないからね」

由弦が愛理沙に贈った指輪は決して安物ではない。

むしろ高校生がバイト代で購入したことを考えると、あまりにも高すぎる品物と言える。

しかし〝高瀬川家〟としては安物の部類だ。

「そういうのは、何と言うか……」

「不満？」

「いや、まあ、そうだね。高ければ良いというものじゃないだろう」

由弦がそう答えると、和弥は諭すような口調で語り始めた。

「もっとも大切な相手である婚約者に対する、非常に大事な婚約指輪で……」

「婚約指輪で、安物を贈るような男が、果たして自分たちに資金を援助してくれるだろうか？　投資をしてくれるだろうか？　次期当主はとてつもなくケチなんじゃないか……そう思われるのは不都合だと、そういうことだろう？　分かっているよ」

和弥の言葉を遮るように由弦がそう言うと、和弥は嬉しそうに口角を上げた。

「よく分かっているじゃないか。金の切れ目が縁の切れ目。実利を齎《もたら》してくれない相手には、誰も従わないし、助けてもくれない」

「金で買えない人間関係も、世の中にはあるんじゃないか？」

由弦が反抗半分、冗談半分でそう言うと……

和弥はおどけた様子で肩を竦めた。

「驚いた。君は政治家や投資家、マスコミ、官僚のおじさんおばさん連中と、深い愛や友情を育みたいと思っているのかい？　まあ、止めはしないけどね」

「い、いや……それはお金だけの関係で良いかな」

由弦が苦笑しながらそう言うと、和弥は機嫌良さそうに由弦の背中を叩いた。

「それが良い。友情や愛というものは、金で切れないからこそ尊いし、いざという時に頼りになる。大切にしなさい」

「言われずとも」

由弦は短くそう答えて、グラスに口を付けた。

ミネラルウォーターを飲みながら……ふと、愛理沙のことを思い浮かべる。

「もっとも大切な相手と言えば、愛理沙のことだけれど」

「急に惚気て、どうした？」

「父さんはどこまで、知っていた？」

先ほどとは少しだけ、トーンを下げながら由弦は父に問いかけた。

和弥は笑みを浮かべたまま、しかし瞳だけは冷静に、由弦に返す。

「知っていた、とは？」

「愛理沙の家庭環境について」

僅かに。

ほんの僅かに……空気が張り詰める。

「愛理沙の家庭環境はあまり良いとは言えない。叔母から暴力を受けている」

「……ふむ、それは本当か？」

「惚《とぼ》けないでくれ。俺でも分かることが、あなたに分からないはずがない」

由弦は冷静な声でそう切り返した。

「高瀬川の後継者に宛《あ》てがう相手だ。当然……事前に隅々まで調べ上げただろう？　調べないはずがない」

高瀬川の次期当主の妻になる人物に、〝問題〟があってはいけない。

身長から体重、スリーサイズ、持病の有無、学歴、性格、思想、宗教、過去、そして人間関係……

徹底的に調べ上げたはずだ。

その中には家庭環境も当然、含まれる。

由弦ですら簡単に察しがつくことを、和弥や祖父である宗弦《そうげん》が気付かないはずがない。

「知ってて、何もせず、俺に何も伝えなかったんだね」

責めるような口調で由弦はそう言った。

すると和弥は……

「別にそんなこと、伝えずとも君なら分かるだろうと思ってね」

あっさりと、知っていて黙っていたことを認めた。

そして苦笑いを浮かべる。

「そもそも調べずとも表情や態度を見れば分かる。彼女が結婚を嫌がっていることも、養父母に怯《おび》えていることも、一目で分かったよ。……分からない方がおかしいだろう？　君もすぐに気付くだろうし、俺から敢《あ》えて伝える必要はないと判断した」

人生経験の浅い由弦ですらも、分かったことだ。

由弦よりも遙《はる》かに人生経験を積んできている和弥に分からないはずがない。

「報連相はしっかりしなさいと、あなたはいつも俺に言っていたじゃないか」

「まあ、そうだけど。……君が傷つくと思ってね。君の望み通り……とはいかないまでも望みに近い女の子を連れてきたのに、その子が君と結婚するのを嫌がっているというのは……ね」

そもそも由弦も婚約は嫌だったので、別に傷ついたりはしない。

が、親としてはある程度、息子を心配するのも当然……

ではあるが、それでも婚約者の家庭環境は、婚約者が虐待を受けている可能性があることは重要なこととして伝えるべきではないか。

由弦がそう問い詰めようとすると……

「それに、それほど重要なことだとは思わなかったからね」

悪びれもせず、あっさりとそう言った。

「重要なのは彼女が天城の娘であるということ……いや、そもそも天城の娘に拘《こだわ》る理由も、こちらにはない。結婚しなければ、どうしても取引に支障をきたすというわけでもない」

和弥は雪城愛理沙のことを個人的に、人間として、息子の婚約者として気に入っている。

だが、しかし……

愛理沙に見出《みいだ》している価値は、彼女が天城直樹の縁者であるという点と、息子の無理難題《わがまま》に完全に合致しないまでも、非常に近いという点だけだ。

「重要なことではない、か」

「勿論、天城さんの方が愛理沙さんのことを嫌っている、どうでも良いと思っているならば、問題だけれどね。……最初期の交渉で、二人いる娘のうち息子さんと年が近い方はどうだろうかと言われた時は、舐《な》められているのかと思ったよ。〝いらない方〟をこちらに押し付けるつもりなんじゃないかとね」

和弥からすれば、天城直樹と直接血の繋がりがない愛理沙よりも、血の繋がりがある、実の娘である天城芽衣の方が都合が良かった。

だからこそ、天城芽衣の方が好ましいと考えていた。

……もっとも、由弦が金髪碧眼色白巨乳美少女を求めたので、急遽《きゅうきょ》愛理沙《ありさ》の方になったのだが。

「しかし呆れたことに……彼はどちらに対しても等しく愛情を注いでいるつもりらしい。まあ、何と言うか。不器用だね、彼は。もっとも、こちらとしては都合が良い。天城さんから愛理沙さんへの、一方的な〝片想い〟であれば……こちらが有利だ」

政略結婚において、もっとも警戒しなければならないことは〝嫁いできた他人〟に家を乗っ取られること、他家に資産を奪われることである。

他にも夫婦生活を通じて弱みを握られ、その手の情報が天城に渡る……というのは望ましくない。

なので愛理沙の方が天城直樹に対して、天城家に対して良い感情を持っていないというのは、高瀬川としては非常に好都合だ。

愛理沙が天城を利する可能性が低くなるからだ。

「それに……最悪、子供さえ産んでくれればそれで良いと思っているからね」

「……子供さえ、ね」

実際のところ、ビジネスにおける家同士の繋がりの価値、政略結婚の価値は下がってきている。

仮に婚約が破談になっても、取引がなくなるということはない。

ないよりはあった方が良い、程度のものだ。

故に高瀬川当主である高瀬川和弥、並びに先代当主である高瀬川宗弦が愛理沙に求める最大の役割は「高瀬川家の子を産むこと」である。

そしてその役割は少なくとも愛理沙が健康的な肉体を持ってさえいてくれれば良い。

「それに彼女の性格や気質は……高瀬川家に来る嫁としては、そう悪い物じゃない。そういう点で言えば、天城芽衣よりも適切だろう」

由弦の婚約相手として愛理沙を選んだのは、ビジネス上での利益に加え経済的には衰えていたとしてもかつては名門であったから――天城も雪城も血縁だけで見れば高瀬川と同等かそれ以上の家柄である――というのもあるが……

それ以上に〝経済的に格下〟であることが大きい。

経済力で優《まさ》っている限り、夫婦間、家同士の間で軋轢《あつれき》が生じても優位に立てる……そういう考え方もあるのだ。

そしてその考えに則すれば、愛理沙のように〝大人しく臆病な性格〟はとても都合が良い。

自分の養父にすら逆らえない少女が、嫁ぎ先の家族や夫に逆らえるはずがないからだ。

高瀬川家にとって、そして夫になる由弦――次期当主――にとって、非常に忠実な「妻」として、家を支えてくれる存在になることが期待できる。

「と、正直に白状させてもらったよ。それで……やっぱり、怒っているかな？」

和弥の問いに対して……

由弦は静かに首を縦に振った。

「大切な相手を、道具扱いされて……怒らない人間がいるか？　それが実の父親であっても」

「……そうだね、君の言う通りだ。俺が全面的に悪かった。勿論、君の気持ちはよく分かっているよ。俺も、父さんに彩由を道具と認識されていると知った時は憤った」

それは謝罪だが、同時にこう言っているようにも思えた。

お前なら俺の気持ちも分かるだろう、と。

お前も自分の同類だ、と。

お前もいつか自分と同じようなことをする、と。

なぜなら、お前は俺の息子で、そして高瀬川家の男なのだから……と。

由弦は静かにため息をついた。

「大事なのは過去のことへの謝罪ではなく、未来だと思うんだ。建設的な話をしよう、父さん」

「ふむ、建設的な話とは？」

「俺は愛理沙が一番大切だから」

由弦ははっきりと、そう宣言した。

「大切というのは、二重の意味だ。絶対に愛理沙を手放したくないと思っているし、同時に愛理沙を幸せにしたいと思っている。勿論、俺の手で」

「ふむ……それで？」

「〝高瀬川〟は二番目、もしくはその手段だ」

そう言って由弦は父親の顔を見た。

かつては見上げていたが、今は由弦が僅かに見下ろす形になっている。

「だから愛理沙を俺から取り上げようとしたり、愛理沙を不幸にしたりするようならば、全力で反抗させてもらうよ」

「反抗かぁ……具体的には？」

「家を割らせてもらう」

和弥の表情から笑みが消え去る。

じっと二人は見つめ、否《いや》、睨み合う。

「それは困る……とても困るね。分家を巻き込んだお家騒動を起こされたら、大変なことになる」

「ああ、その通りだ、父さん。身内同士で争うことほど、愚かで非生産的なことはない」

由弦の言葉に和弥は同意するように頷いた。

そして自分の顎に触れながら、僅かに口角を上げた。

「ふむ、しかし……逆説的に言えば愛理沙さんがいる限り、君は俺に逆らえないわけだね」

「その通りだね。そしてあなたは俺を敵に回したくなければ、愛理沙を大切に、家族として扱わなければいけない」

その場をしばらくの沈黙が支配した。

ピンと張りつめていた空気は……

「……っふふ、はは、あははは‼」

「っく、はは、あはははは‼」

二人の笑い声で一気に緩んだ。

和弥は楽しそうに笑いながら言った。

「由弦、言っておくけどね、俺だって血も涙もない人間じゃあないんだ。君の……息子の幸せを願っているし、好きな人と結ばれて欲しいと、恋を応援する気持ちはあるんだよ。そして大切な息子の婚約者ならば、当然、尊重するさ」

一方、由弦も笑いを噛《か》み殺《ころ》すようにしながら答える。

「勿論、分かっていますとも。……敬愛していますよ、お父さん。世界の誰よりも」

そして二人はグラスを掲げた。

「我らが一族の繁栄と……」

「永遠の親子の絆《きずな》に」
「「乾杯」」

番外編　マッサージの時、もし愛理沙がもっと積極的だったら

マラソン大会の日。

マッサージをするため愛理沙《ありさ》を部屋に上げた後のことだった。

「と、ところで、由弦《ゆづる》さん。そ、その……お、お風呂、なんですけれど」

白い肌を薔薇色《ばらいろ》に紅潮させ、僅かに上擦った声で愛理沙はそう切り出した。

由弦は頷《うなず》く。

「ああ、もう沸いていると思うよ。来る前にタイマーをセットしておいたから」

「そ、そう……ですか」

どういうわけか、愛理沙は上目遣いでチラチラとこちらを見てくる。

何かを言いたそうにしているが、しかし躊躇《ちゆうちよ》して言えない。

そんな雰囲気だ。

「どうした？」

「い、いいえ……その……い、一緒に！」

突然、愛理沙は大きな声を上げる。

そして目を瞑《つぶ》りながら、まるで怒鳴るかのように叫んだ。

「お、お風呂に入りませんか⁉」

「……え？」

由弦は一瞬、愛理沙が何を言っているのか分からなかった。

一緒にお風呂に入る。

誰が？　愛理沙だろう。

誰と？　由弦だろう。

つまり……「一緒にお風呂に入りませんか？」ということだ。

「い、一緒に風呂……⁉」

「そ、そうです！　ほ、ほら！　お風呂に入りながらマッサージをした方が、良い効果が得られそうだと思いませんか？」

半ばやけくそ気味に愛理沙はそう言った。

お風呂で体を温めながらマッサージをした方が効果は大きいかもしれない……と、その理屈は間違っているとは言えない。

が、未婚の男女が一緒に風呂に入る理由としてはいろいろと問題だろう。

愛理沙の理屈には無理がある。

つまり……マッサージ云々《うんぬん》という理屈は当然、愛理沙の本音ではない。

（そ、そうか……愛理沙は俺と……）

お風呂に入りたいのだ。それこそが目的なのだ。

そもそも今回のマッサージも「マラソン大会の疲れを癒《い》やすため云々」というのはただの言い訳で、お互いにスキンシップがしたいというのが双方の本音である。

ただ……愛理沙はもっと、一歩踏み込んだものをお望みという、それだけのことだ。

「い、嫌……ですか？」

由弦が黙っていると、不安そうに愛理沙はそう言った。

とてもおどおどしている。

ふしだらな女だと思われ、引かれたらどうしよう……というようなことを考えているのだろう。

もちろん、由弦も男として、せっかく勇気を出してくれた愛理沙を傷つけるような選択はしたくない。

ただ……

「い、嫌ではないが……」

由弦は思わず愛理沙の胸部へと視線を向けた。

柔らかそうな双丘が体操服を大きく持ち上げていて、すらっと程よい肉付きの足が短パンから伸びている。

もうすでに由弦の理性を蕩《とろ》けさせてしまいそうな程の色気を放っている愛理沙だが、服を脱いだらもっと凄《すご》いことは間違いない。

全部見えてしまうのだ。

「お互いに全裸というのは良くないな。水着があれば良いと思うんだが……」

由弦がそう言うと……愛理沙は顔を真っ赤にした。

「あ、当たり前です！　ぜ、全裸だなんて……み、水着はちゃんと用意してあります！」

「そ、そうか……準備がいいな」

思わず由弦がそう呟《つぶや》くと、愛理沙の顔はますます赤く染まった。

何か反論しようとしてか愛理沙は口をパクパクさせ、それからこほんと軽く咳払《せきばら》いをしてから言った。

「と、とりあえず私が先に入ります。体を洗い終えて、水着を着たら良いと言いますから……その後に入ってください。もちろん、水着を着てですからね！」

「分かったよ」

由弦は素直に頷いた。

さて、そんなやり取りからしばらく。

「入っていいですよ」

浴室からそんな声が聞こえてきたので、由弦は水着を着てから中に入った。

浴室に入ると、水着を着た愛理沙が出迎えてくれた。

着用しているのは学校指定の黒いスクール水着だ。

ところでビキニというのは上下に視線が分散されるため意外とスタイルがそこまで良くなくても着こなせたりする。

一方でワンピース型の水着は体のラインがしっかりと浮き上がるので、スタイルが良くないと着こなせない。

そういう意味では愛理沙はスクール水着を見事に着こなしていた。

胸部から腹部の高低差、きゅっと括《くび》れた細いお腹《なか》周りなど……そういう愛理沙のとても女性らしい体の曲線に黒い生地が貼りつき、締め上げているのだ。

さらに下腹部に目を向けると、鋭利な三角状の生地から白く程よい肉付きの足が伸びている。

「そ、その……由弦さん。そんな風にじっと見られると恥ずかしいですから……」

「あぁ……いや、すまない」

思わず見惚《みと》れてしまった由弦は頬《ほお》を掻《か》いた。

が、ふと思い立ち愛理沙に尋ねる。

「湯舟に入らないのか？」

「先に逆上《のぼ》せるのは嫌だなって……」

つまり由弦が体を洗い終えるまで待ってくれるということだ。

なるほどと由弦は頷き、シャワーの蛇口を軽く捻《ひね》った。

体を洗うと言っても汗を流す程度なので、すぐに終わる。

「……じゃあ、入ろうか」

「そうですね」

二人でゆっくりと、向かい合わせになって湯舟に浸《つ》かる。

浴槽は決して広いとは言えないので、僅かに肌と肌が触れてしまう。

由弦は極力、愛理沙の胸などを見ないようにするため少し視線を上げるのだが……

（……どこを見ても綺麗《きれい》だな）

ほっそりとした鎖骨、胸元を僅かに流れる水滴、白い肩、ほんのりと上気した頬。

どこを見ても美しい。

「その……どちらから、始めましょうか」

「そうだな。……俺から揉《も》もう。後ろを向いてくれ」

これ以上愛理沙を正面から見るのは理性の問題から厳しいと判断した由弦は、愛理沙にそう促した。

一方の愛理沙はこくりと小さく頷き、由弦に背中を向けた。

「なっ……」

そして由弦は思わず声を漏らした。

というのも想像以上に愛理沙の背中の露出が多かったからだ。

由弦はおおよそ背中の半分くらいまでが生地に覆われているような想像をしていたのだが、愛理沙が着ている物は腰の部分まで生地がなかった。

パイピングだけが愛理沙の白い背中を隠している。

眩《まばゆ》いばかりの白い背中は目に毒だ。

由弦は思わず視線を下に向けてしまう。

そこには美しい丸みを帯びた臀部《でんぶ》が……

「どうかしましたか？」

「い、いや、何でもない」

由弦は慌てて視線を愛理沙の肩へと戻した。

果たしてこんな美しい肌に触れて良いのかと由弦は思ったが……

「じゃあ、触るぞ」

「はい」

そう一言断ってから、由弦は愛理沙の小さな肩を掌《てのひら》で包んだ。

そしてゆっくりと力を込め、ツボを刺激していく。

「んっ、あっ……ン！」

指を動かすたびに小さな声を漏らす愛理沙。

狙ってやっているのか、無意識なのかは分からないが……そんな婚約者の声は由弦の理性をゆっくりと溶かしていく。

「どうだ？」

「気持ちいいです……」

そう言う愛理沙の声はとても気持ちよさそうだった。

さて、そんな調子で肩や背中を揉んでいると……愛理沙は大きく体を逸《そ》らすようにして、由弦の顔を覗《のぞ》き込《こ》んできた。

「どうした？」

「その……足もやってもらっていいですか？　何か、疲れが溜《た》まっている感じがして……」

どこか逆上せたような声で愛理沙は言った。

由弦が頷くと、愛理沙は由弦に向き直って、その長い足を由弦に向けてきた。

「どの部分を？」

「足裏から……全部、お願いします……」

言われるままに由弦はそっと愛理沙の足を持ち上げる。

水中ということもあり、とても軽い。

開いた足と足の間がチラリと見えたが、由弦は極力そこからは視線を外した。

（……平常心、平常心）

そして強く足裏を押していく。

「あっ、っく……ぁ、だ、だめ……」

「痛かったか？　……やめる？」

悲鳴を上げる愛理沙に由弦が問いかけると……愛理沙は首を左右に振った。

「そ、そのまま……っく、あ！　つ、続けて……ください」

「……」

何故《なぜ》ここまで艶《つや》っぽい声を出せるのか？

由弦は愛理沙の声帯に疑問を抱きながら、マッサージを続ける。

足裏を押し、ふくろはぎを揉み、それから……

「つ、続けて……ください」

途中で手を止めると、愛理沙は上目遣いで由弦を見上げた。

何かを期待するような、そんな表情だった。

「……ああ」

愛理沙の太腿《ふともも》に指を食い込ませた。

脂肪の柔らかさと、その下の筋肉の弾力が指から伝わってくる。

「っく……んぁ……」

気持ちが良いのか、口を半開きにしながら愛理沙は喘《あえ》ぐ。

その瞳は焦点が合っておらず、意識があるのかどうかさえ怪しかった。

ゆっくりと、愛理沙の白い太腿を押す指を上へ上へと上げていく。

気付くと彼女の太腿の付け根の部分を指で押していた。

あと少し、あと少し、指をずらせば……彼女の柔らかい、女性らしい丸みを帯びた部分に触れてしまうだろう。

そんな部分だ。

「……愛理沙」

「は、はぃ……」

「次はどこにする？」

じっと、由弦は愛理沙の瞳を見つめながら問いかけた。

瞳を潤ませ、とろんと蕩けた表情で愛理沙は……

「つ、次、次は……」

「次は？」

ピンク色の唇を愛理沙は小さく開ける。

ほんの僅かに動かし、それから熱い吐息を漏らし……

「わ、私が……マッサージをします……」

どこか、ホッとしたような、しかし残念そうな表情でそう答えた。

一方で由弦もまた、安心したような、しかし惜しいという気持ちを少しだけ抱えつつ、愛理沙に背を向けた。

「……どうですか？」

「もっと強くていいかな」

「こう、ですか？」

「うん、うん……いい感じだ。上手だ」

ぐいぐいと肩を押される。

思っていたよりも心地よく、由弦は思わず声を上げる。

そして脱力し、僅かに背中を後ろに倒してしまう。

すると……背中に柔らかい物が触れた。

由弦が姿勢を正そうとすると、むにゅりと何かが背中に押し当てられ、潰れるように歪《ゆが》むのを感じた。

「そのままで……いいですよ」

耳元でそう囁《ささや》かれた。

「……そうか」

由弦は愛理沙に体重を預ける。

愛理沙はぴったりと体を密着させながら、肩や背中を揉んでいく。

もちろん、体を密着させながらのマッサージはとてもやりにくい。

それでも愛理沙は由弦と肌を重ね合わせることを止めなかった。

「……ふぅ」

「はぁ……」

二人は熱い吐息を漏らす。

体が燃え盛るように熱いのは、きっとお風呂だけが理由ではないだろう。

「正面……向いてください」

「……分かった」

由弦は正面を向き、愛理沙に対して軽く足を向けた。

しかし愛理沙の視線の先は由弦の足ではなく、足と足の間にあった。

「……」

「……」

頬を上気させながら、潤んだ翡翠色《ひすいいろ》の瞳を一点に向ける愛理沙。

これに対して由弦はそれを隠すでもなく、ある種の開き直りをするような気持ちで、その視線を受け止めた。

「……マッサージ、しますね」

「あぁ……」

ようやく、愛理沙が動き出す。

由弦の足裏に対してその細い指を這《は》わせ、ギュッと押し込んだ。

「いたっ！」

しかしそれは想像以上に痛かった。

由弦は思わず悲鳴を上げ、足をビクリと動かし、体を後ろへと傾けた。

「あっ、ゆ、由弦さん⁉」

一方で愛理沙は由弦を助け起こそうとし、逆にツルッと浴槽の底で足を滑らせた。

そして由弦の方へと倒れ込む。

「すまない、大丈夫か？」

「は、はい。大丈夫……ですけれど……」

二人はぴったりと、抱き合っていた。

愛理沙が由弦を押し倒し、一方で由弦がそれを両手で抱き締めている……そんな構図だ。

顔同士の距離は鼻先が触れ合ってしまいそうな程であり、どちらかが少し前に顔を突き出せば、唇と唇が触れるだろう。

お互いの足と足は絡み合っている。

由弦の固い胸板に愛理沙の柔らかい胸が押し当てられ、潰れている。

そして……

由弦の硬くなった部分と、愛理沙の柔らかい部分が、水着越しにぴったりと触れていた。

「……どうした？」

「い、いえ、何でもないです……」

由弦が強く愛理沙を抱きしめると、一方で愛理沙も全身の体重を預けた。

愛理沙の柔らかい体を由弦の硬い体が受け止め、そして由弦の硬い体が愛理沙の柔らかい体を下から圧迫していた。

「苦しく……ないですか？」

「いいや、全く」

由弦の目の前には、愛理沙の美しいうなじと、白い背中、そして丸みを帯びた臀部が見えていた。

由弦は片手で愛理沙の白い背中を押さえ、もう一方の手で臀部を押さえた。

「んっ、ぁ……」

強く自分の体に愛理沙の体を押し当てると、愛理沙が小さな声を漏らす。

「……どこも痛くないか？」

「はい……」

愛理沙の吐息が由弦の耳元を擽《くすぐ》った。

そのまま二人は抱き合ったまま、十秒ほど、沈黙した。

そして……

「その、愛理沙」

「はい」

「このままで、いいかな？　逆上せるまで」

このまま。

これ以上でもなく、これ以下でもなく。

このままを続ける。

そんな由弦の提案に対して愛理沙は……

「はい……そうしましょう」

ぐいぐいと、体を押し付けるようにしながら言った。

それから二人は逆上せるまで、互いの体温を感じ合った。

あとがき

お久しぶりです。桜木桜《さくらぎさくら》です。

本書を手に取ってくださり、ありがとうございます。

二巻では主人公とヒロインがお互いの好意を自覚するまでのお話でしたが、三巻はそれをお互い、言動として表現するお話でした。

つまり三巻で一先《ひとま》ず、物語としては一区切りをつけることができたという形です。切りの良いところまで進めることができ、安心しております。

もっとも、物語は三巻で終わりではありません。

知ってるか、この二人……まだキスすらしてないんだぜ？

というわけで、ここで終わらせられないでしょう。

そういうわけで四巻では初々しいカップルが「恋人というのは具体的にどういうことをする関係なのだろうか？」と首を傾《かし》げ合《あ》うような話になる予定です。

キスはしてないのに、半同棲《はんどうせい》はしてしまっている上に婚約もしている不思議なカップルの恋愛模様を書ければ良いかなと思っています。

また、婚約したとはいえ主人公とヒロインの恋を阻むような障害が残っていないのかと言えば、そんなことはないのかなと思っています。

二人は今回のお話でゴールしたわけではなく、ようやくスタートラインに立ったのです。

むしろ、これからが本番と言えるのではないでしょうか。

具体的には価値観の違いとか……まあ、その辺りはご想像にお任せ致します。

ちなみに本作品の最初期の原案は、「好きだと告白するつもりが、間違えて結婚してくださいと言ったらオッケーが出てしまった」みたいな感じでした。

なので、私としては元々は「いちゃいちゃ新婚カップル同棲物」を書こうとしていたわけです。そういう意味で言えば、ようやくこの作品は本題に入ることができたということになります。

なので四巻以降も乞うご期待ということで……よろしくお願いします。

せめて、ファーストキスくらいまでは書きたいですね。


さて普段であればこの辺りであとがきは終わりになりますが、区切りの良い三巻まで来たということで、もう少し本作品について書き連ねたいと思います。

本作品は『シンデレラ』をモチーフとしています。

男性視点、王子様視点で見た『シンデレラ』の現代版……のようなつもりで書きました。

最初から分かっていたという方もいるでしょうし、言われてみればそんな気がするという方もいるかもしれません。

だからどうということはありませんが……私としましては、分かっていた人にはニヤッと、言われてみればという人にはへぇーと思っていただけると嬉《うれ》しいです。

もし次回作として恋愛物を書く機会があれば、『ロミオとジュリエット』を、いわゆる心中物のような話を書きたいな……と思っています。

もちろん、現代ラブコメ、それもライトノベルで自殺させるわけにはいかないと思っているので、「心中」そのものは違った形で表現する必要がありますが……

次に略称です。

大抵のライトノベルにはいわゆる「略称」があるかと思います。

この作品に関しては今のところ、私は「お見合い」または「無理難題」と勝手に呼んでいますが、今のところ公式な物はありません。

「お見合い」や「無理難題」は一般用語なので作品の略称としてはやや不適かもしれないと思っています。

付けるなら「お見無理」とかでしょうか？

まあ、何にせよ読者の皆様が呼びやすいように呼んでいただいたものが、自然と定着するかと思っています。

もう一つ。IFストーリーについてです。

基本的には店舗特典とは別に、書籍には必ず一つ、番外編という名のIFストーリーを載せるようにしています。

一巻はいろいろな都合上、電子書籍限定となっていますが……そういうことがない以上は、二巻と三巻同様に、今後もこのような形でIFストーリーを書きたいと思っています。

では、なぜ「IF」ストーリーなのか。日常生活の一幕や、デートの一部始終でも良いではないか……と思う方がいらっしゃるかもしれません。

その疑問にお答えすると……まず前提として、面白いネタは極力、本編で使いたいと思っているからです。

ただ、そういうネタの中には「やりたいけれど、本編ではできない」ものがあります。

現時点の主人公とヒロインの関係を考えるとこうはならない。

物語の展開上、不自然になり、齟齬《そご》が生まれる。

等々、様々です。

一巻、二巻、三巻のIFストーリーは全て、「この展開をやってしまうと、本編全体が成り立たなくなる」というようなものです。

そういう「面白いけれど、本編ではできない」ようなエピソードを、極力、IFエピソードという形で書くことができればと思っています。

さて、ここからは少し宣伝になります。

まず、すでにご存じであると思いますが本作品のコミカライズ(漫画)がヤングエースupの方で連載されています。

小説とは違った、漫画という方法で本作品がとても魅力的に描かれておりますので、もしよろしかったらそちらもご覧ください。

また、本作品が「ASMR」として、音声ドラマとなりました。

ヒロインである雪城愛理沙《ゆきしろありさ》の声を担当してくださるのは、以前YouTubeで配信されたボイスドラマから引き続き、声優である貫井柚佳《ぬくいゆか》様です。

無料版と特典版の二種類があり、どちらもYouTubeで配信されており、ともに帯のQRコードを読み取ることで聴くことができる仕様になっております。

無料版のタイトルは『甘々いちゃラブボイス～ハロウィンに婚約者に悪戯《いたずら》されてみた編』となっており、内容はお菓子をくれない主人公にヒロインが悪戯をしちゃう……そんな感じです。

特典版のタイトルは『甘々いちゃラブボイス～婚約者と添い寝編』となっており、内容は一人で眠れないヒロインに主人公が添い寝をしてあげているうちに……という感じです。「ＡＳＭＲ」なのでえっちな内容……というほどでもないですが、そういう気分になれるようなものに仕上がっております。

声優さんの演技も大変素晴らしい物となっておりますので、もしよろしければそちらも楽しんでいただけると幸いです。

ではそろそろ謝辞を申し上げさせていただきます。

挿絵、キャラクターデザインを担当してくださっているclear《クリア》様。この度も本当に素晴らしい挿絵、カバーイラストを描いてくださり、ありがとうございます。イラストをいただくたびに、感動しています。

またこの本の制作に関わってくださった全ての方、何よりこの本を購入してくださった読者の皆様にあらためてお礼を申し上げさせていただきます。

それでは四巻でまたお会いできることを祈っております。

お見合《みあ》いしたくなかったので、無理難題《むりなんだい》な条件《じょうけん》をつけたら同級生《どうきゅうせい》が来《き》た件《けん》について3

著　桜木桜《さくらぎさくら》

角川スニーカー文庫　22977

2022年1月1日　初版発行

発行者　青柳昌行

発　行　株式会社KADOKAWA
〒102-8177 東京都千代田区富士見2-13-3
電話　0570-002-301（ナビダイヤル）

印刷所　株式会社暁印刷
製本所　本間製本株式会社

Printed in Japan　ISBN 978-4-04-111299-1　C0193

★ご意見、ご感想をお送りください★
〒102-8177 東京都千代田区富士見 2-13-3
株式会社KADOKAWA　角川スニーカー文庫編集部気付
「桜木桜」先生
「clear」先生